U0054633

烽火越南

潘宙 著

越南大時代小說集

序文

什麼都是，就是不平靜

收在這個集子裡的幾篇小說，最早發表的是〈江湖〉，已經是二十年前的事了。那時從越南來到加拿大才幾年，剛剛開始學寫小說，不知天高地厚參加聯合文學新人獎，居然還入圍得獎，自己也嚇了一跳。之後也寫了一些主要以越南為背景的東西，漸漸覺得好像題材有點狹窄，就不怎麼寫了，反正我覺得自己是純為興趣而寫的素人，小說這一行多我一個不多少我一個不少，心安理得的就停了下來，什麼也沒寫。

如是者數年，然後有一天心血來潮寫了篇散文，在報上刊出，自己看看，咦，文筆好像也沒怎麼荒廢嘛，才又開始寫了起來。那也是好幾年前的事了，這期間發表了一些小說和散文，不過一直擱在心上的是〈橫槼江山〉這個中篇。

這篇小說很多年前已開始構思，寫了大約一萬字之後無以為繼，寫不下去了，這時才重新翻出來，一鼓作氣把它完成，本來也不過是有頭有尾，把一件開了頭的作品寫好，算是給自己一個交代吧。但在寫作和蒐集資料的過程中，我讀到了一篇文章，一篇越南華人作家的文章。

必須說明的是：在這之前我對越南華人文學界認識不多，越南過去幾十年有過哪些作家、作品，發行過哪些刊物，我一概不知，大半因為在我成長的環境中，這一段歷史被刻意地隱去了。這篇文章說的正是那一段我不認識的歷史：越戰末期西貢華人青年成立詩社、出版刊物、寫作的蓬勃情況，所提及的一長串名字我雖多半不識，讀來也感到親切。作者自己也是當時的文藝青年，如今是前輩詩人，詩寫得很好，只是這篇文章中有一句話，讓我看了感覺有點不舒服。

作者提到越戰結束後的越南華人文學創作情況，只輕描淡寫一句：「南方解放後的十數年時光就像流水般平靜的自流。」作者身在越南，下筆難免有顧忌，這是可以理解的，也值得同情，但戰後那幾年的經歷怎麼可能說是平靜呢？清算、鬥爭、這個那個運動無日無之，整個社會躁動不安，人人自危，而且，不是還有一場叫船民潮的震驚世界大逃難嗎？

那幾年什麼都是，就是不平靜。否則這個集子裡的幾個短篇就不會寫出來了。

越南現在雖說開放了，但實際上仍是一黨專制，文學創作的自由度有限，而且因為小國寡民（其實人口八九千萬，已不能算寡了），不像中國大陸一舉一動都受到國際的注意，出了事也沒有國際團體支援，越華作家只能自己小心，寫作時盡量不觸犯禁忌就是了。現存的幾個越華詩社，總部雖然在海外，但成員中都有仍在越南者，因此大家都有默契：只談文學，不碰政治。但既然從事寫作，又怎能完全不涉及政治呢？詩大概可以，小說就很難了，也許因為這個緣故，越華作家寫詩的居多，小說幾乎無人嘗試。而〈橫槊江山〉這篇小說，寫的恰恰就是一個世代的越南小說家、詩人，如何不可避免地被捲入政治的漩渦，從而影響、以致改變了整個社會的面貌。

我自己曾經無知於越華文學史，如果我們這一代只會說那幾年的生活平靜如流水，年輕的一代豈不是同樣無知於我們所經歷過的一切嗎？

所以寫完〈橫槊江山〉之後，我又寫了另一個短篇〈有一年的除夕〉，和〈江湖〉相隔已有二十年了。重新回到船民潮的題材，不過也就是要說明：那幾年在越南什麼都是，就是不平靜。

目次

有一年的除夕

上午十點，外面街上的爆竹有一下沒一下的響著。我拉了把椅子坐在門邊，按按口袋，確定媽媽給我的十塊錢還在。其實錢不是給我，是給送信的；這十塊錢壓在我口袋裡已有兩三天了，打從學校放了年假之後，我就負責每天守在門邊，等我哥的來信。送信的要想賺這一筆小費，就該趁早把我哥的信帶來。今天除夕，過了今天，送信的也得放幾天假，總要到初三或者初四才開工，那時我又要上學了，等信的任務仍舊留給媽媽。

我再看看牆上的鐘：十點零八分，媽媽該不會像我這樣呆坐門邊傻等，送信的也不會這麼早就出現的，不過反正我閒著也是閒著，媽媽在廚房裡準備年夜飯，不要我幫忙，也好，我才不想被柴煙燻得淚水直淌；況且萬一又等不到我哥的信，我也得看著送信的經過，任務完成，我才好出門去找阿虎。

阿虎是灶君升天那天就不見了的。那天謝灶，從中午起巷子裡就不斷有人放鞭炮，阿虎最怕鞭炮聲，解放後過年不再禁止放炮仗，停了十幾年的鞭炮聲又再響徹大街小巷，大家報仇似的劈哩啪啦大鳴大放，搞得漫天硝煙，遍地紙屑，可憐我們阿虎哪裡見過這種陣仗，被嚇傻了，我哥把牠緊緊抱在懷裡，牠還是抖個不停。今年我哥不在，牠已經很坐立不安了，鞭炮一響起來，牠更是掉了魂似地在家裡四處亂竄，後來不知怎麼就跑到外面去了，我抓牠不住，等我穿上鞋子追出去時，牠已經跑得影都沒有了。我只好一有空就到外面找牠，前天在李淑梅家附近讓我碰上牠，我大叫著衝上去，牠卻好像連我也不認得了，拔腿就跑，我只有兩條腿，跑不過牠，但不管怎樣，我非把牠找回來不可，我哥最疼阿虎，要把牠弄丟了，我怎麼向我哥交代？

解放前一年，我哥將阿虎抱回來，那時牠才幾個月大，尖臉尖耳朵，哪裡像老虎？倒像一頭狐狸，但我哥說牠屬虎，所以叫牠阿虎。沒想到牠膽子那麼小，一點也配不上這個威風凜凜的名字。爸爸說，牠是覺得家裡沒有安全感，才跑到外面去的。

我哥也是屬虎，過了年他就十七歲了。

我枯坐到將近十一點，才見到送信的在巷子那頭出現，他有時從左邊巷子進來，有時是右邊，讓人疑心他是不是要擺脫什麼人的跟蹤，才每天更換著路線。聽說外國的郵差都有制服，應該挺神氣的吧？我們這兒是休想，不只是郵差沒有制服，現在連我們學生都沒有劃一的校服了，我多麼懷念解放前穿著校服上學的日子，才不過三四年吧，怎麼就像老遠以前的事似的；穿上了制服人就顯得清爽，走起路來好像也神氣一點，可現在就算是學校規定要穿校服，誰又有多餘的錢給小孩縫製新衣呢？除非等政府分配布料吧，可是政府也窮，大家就只好有什麼穿什麼了，好像李淑梅，這個學期我注意到她每天都穿同樣的白襯衣和泥黃色的裙子，——袖口裙腳有的地方都綻線了，因此可以確定是同一件；也許星期天不上學時才洗一次吧，即使這樣，李淑梅給人的感覺仍然是乾乾淨淨的，只是近來她的襯衣好像有點不合身了，胸脯繃得緊緊的，害她老是弓著背、兩手抱在胸前，好像天氣冷得受不住的樣子，然而我們這兒又明明是四季皆夏的熱帶國家。

熱帶國家的好處是不必為冬天煩惱，我爸爸就常說，幸好我們這兒不是蘇聯，不必為冬裝或者取暖的燃料傷腦筋。下雪的時候還要逐家逐戶去送信，那滋味一定也不好受吧？不過我們的郵差每天頂著火毒毒的太陽，揮汗如雨，到了雨季呢，又常常被淋得一身濕，同樣不是滋味。

雪地上送信，不知能推腳踏車不？每個送信的都這樣，不但沒有制服，渾身上下連個郵政局的徽號都沒有，都是推著一輛老舊的腳踏車，連那裝滿了郵件的卡其布袋，我都懷疑是不是郵局發給他們的，又破爛又骯髒，然而那裡面卻滿載著我們多少人的希望喲。每次送信的經過，我們都盯著他的信袋子像扒手盯著人家口袋裡的錢包，找尋邊上有紅藍斜紋的航空信封，是那種外國正流行的薄薄一張紙，一邊是印著平行線條的信紙，寫完了折起來貼好，外面就是現成的航空信封，我們就收過一兩封，是爸爸的朋友從馬來西亞難民營寄來的，這種信既方便又省郵費，唯一的缺點是你如果在信裡面夾上一張鈔票，有經驗的郵差很容易就會看出來，貪心一點的就會撕開信封把錢吞掉，偷錢固然卑劣，害人家收不到信才是罪孽。爸爸就叮囑我哥：到了難民營，盡快捎個信報平安就好，千萬不要在信裡面放錢，免得家裡連信也收不到。

我們這個郵差不知道有沒有偷過人家信裡的錢？看樣子不像，不過誰知道呢？他是個老頭，大概有六十歲了，我們這裡也不像外國那樣家家門前裝個信箱，送信的都是來到門前喊一句：「有信嘍！」如果是航空信的話，人家收信後他還會停在門外不走，等領賞。收到外國來信的人都不會小氣，賞他個十元二十元，這外快想來也是很不錯的，起碼送信的日子應該過得比我們一般人好一點，不至於像李淑梅那樣衣服舊了、不合身了也沒錢換新的，但送信的老頭還是很念舊的推著他那部老腳踏車，好像從來沒想過該換一部新一點的。也許他把錢存起來了；也許他像我爸和東邊巷子那頭的金盛叔一樣，存夠了錢好送他兒子去偷渡。

我哥是和金盛叔的兒子阿雄哥一塊上船的。那時還是雨季，我記得那天晚上下著好大的雨，我媽去送他們，看著我哥上了船才回來，滿臉笑容，辦喜事也沒那樣歡快的，跟著那幾天我媽的心情都好極了，好像馬上就會收到我哥從外國寄回來一封封薄薄的航空郵箋，裡面夾著一張張綠色的美金。……

然而雨季過去了，新年又來了，我哥和阿雄哥都沒有信回來。我媽和金盛嬸一見面就打聽對方有沒有兒子的消息：「怎麼那麼久呢？都幾個月了！」

然後又互相找理由：「郵政慢呀，外國來的信要兩三個月才收到呢。」

「可能難民營偏僻一點，寄信不容易吧。」

「也興寄丟了的不是？」

「郵政局還會拆開來查看信裡面寫什麼呢！」

這樣說的時候，大嗓門的金盛嬸就會壓低聲音，同時左顧右盼一番，一付背後說人閒話的樣子。猜測歸猜測，送信的卻仍舊不動聲色，天天過門不入，他不把我哥的信交出來，誰也沒辦法，總不能去搜他的信袋子吧？我看著送信的老頭推著他那部老腳踏車經過，等著他那一句「有信囉」，等著他從卡其信袋裡抽出紅藍斜紋的航空郵箋，……然而什麼都沒有，老頭和他的腳踏車消失在巷子的另一頭，留下空氣中淡淡的硝煙味。

讓我哥去偷渡可得花不少錢呢，一個人的路費不知是十幾兩金子，像我這樣半大不小的聽說還可以算半價。如果爸媽有足夠的錢，會不會讓我跟我哥一塊去呢？我其實是很害怕的，害怕海上的風浪、害怕暈船，可是如果爸媽要送我去偷渡，我能說我怕暈船不敢去嗎？

我哥害不害怕呢？我不知道。他屬虎的，膽子應該比我大。

李淑梅家就算湊得出錢，恐怕也不會讓她去偷渡，她是女生，又沒有哥哥，只有兩個弟弟，年紀太小，所以他爸爸只好一個人去，李淑梅家很快就收到她爸爸寄回來的信了，只是和他們預期的有一點出入：信不是從難民營寄出的。李淑梅後來偷偷告訴我：她爸爸乘的那條船，還沒出到公海就被巡邏艦截下來了，整船人都被關進牢裡，要打通關節把人弄出來又得花上不知多少兩金子，李淑梅的爸爸只好一直在牢裡蹲著，還不知道要蹲上多久，因此有很多時間給他們寫信。

李淑梅坐在她家後門外，兩眼紅紅的，「你幹嘛哭了？」我問。

「哪有？」她吸吸鼻子：「煙燻的啦。」

她穿著一套舊睡衣，看上去卻仍然是乾乾淨淨的，只是一臉沒精打采的樣子，看不出半點過年的氣氛，儘管爆竹聲還是有一下沒一下的在遠處響著。

我自己垂頭喪氣的衰相大概也好不了多少。我想起解放前，那時雖然不能放鞭炮，過年卻比現在好玩多了，又是拜年討紅包，又是趕著看新年電影，……現在呢？除了鞭炮之外，什麼都沒有了，沒有好看的電影、沒有新衣服、沒有紅包，大家甚至都不拜年了，這樣的鬼年還有什麼好過？

「過年後，——」李淑梅說了半句，就停下來，我等了好久，終於忍不住問：

「過年後怎麼樣？」

「過年後，」她又停了一會，才接下去說：「我就不回學校了。我媽在巷口擺了個攤子，賣獎券，要我幫忙，叫我不要上學了。」

我在她身邊坐下來。我是去年升上中學才認識李淑梅的，我和她雖然住得近，小學卻不是同一個學校，我後來想：李淑梅要是和我同一個小學，我恐怕就很難保持每學期考第一的紀錄了。解放後的學校已經不再分名次、不再前一二三名領獎學金那些舊社會習慣，但老師們還是有各自的計分表，而且他們總是在學期末挑幾個品學兼優，因此比較不會算錯，也不會私下惡作劇塗改分數的學生幫他們計算總平均分，我就常常被分派這些任務，也因而發現李淑梅在許多科目的分數都比我高。其實不用看總成績我也知道，今年我們數學教的是負數四則運算，做習題時我總是得集中注意力，記住負負得正，但還是會不小心弄錯，李淑梅卻輕鬆得很，再複雜的算式好像都難不倒她，遇上一些較棘手的題目時，她就會凝神思索，咬著下唇，眼睛閃著光，我幾乎可以聽見她腦子裡有一部精密的機器正在運作，發出嗶嗶的響聲。

這樣好成績的女孩，以後就要每天坐在巷口賣獎券，再也不能做她喜愛的數學題了。

「你家阿虎還沒找到？」李淑梅問我。

我搖搖頭：「前兩天在這附近還見過牠，應該走得不遠的，我再四處看看。」

離開了李淑梅，我才想起：剛才應該把口袋裡那十塊錢留給她的。反正送信的這兩天也不會來，而且今晚媽媽就會給我壓歲錢，雖然不多，十塊錢總會有的吧。可是我若就這樣把錢遞給她，李淑梅是絕不會收的，除非把錢偷偷丟在地上，然後指給她看：「咦，誰不小心丟了錢？」無主之物，才能指望她會撿了去。不過也難說，她也許會懷疑：「不是你丟的吧？你不是說你口袋裡有十塊錢要給送信的？」我要否認，她就會說：「你今天又沒收到信，那十塊錢應該還在的，拿出來我看看。」她就是這麼個聰明的女孩，什麼都瞞不過她。

巷子裡比平時靜得多，爆竹聲似也有點沉寂下來，大家都在忙著，雖然日子不好，年總是要過的。迷宮似的巷子裡轉了幾個彎，阿虎沒找著，卻又讓我碰上了送信的老頭，冤家路窄似的。——可不是冤家？不知把我哥的信弄到哪裡去了的老頭，這時卻高舉著一個航空郵箋，拍門叫著：「有信囉！」生怕不夠號召力的又加上一句：「馬來西亞的信囉！」

我幾乎要驚叫出來：送信的老頭拍的那扇暗綠色的門，不就是金盛叔的家？馬來西亞的信？除了阿雄哥的來信，還能是誰呢？終於讓我們等到了，阿雄哥終於有信回來了，我哥的信應該也到了吧，不巧正碰上年假，還得再等一兩天，不過過年後是一定會收到的。我迫不及待地衝過去，要和金盛叔金盛嬸一起讀這封讓我們等得脖子都長了的信，暗綠色的門似也迫不及待地開了，我的眼角卻忽然瞥見在我右手邊的巷子通出去另一頭，有一條黃色的影子閃了一下，尖尖的耳朵，可不正是阿虎？

我迅速作了決定：阿雄哥的信說些什麼，回頭再來打聽也不遲，阿虎卻怎麼也不能再讓牠逃掉了。我一個急轉彎，鑽進了右邊那條巷子，朝前面那條黃色的影子低聲叫：「阿虎，阿虎！」不敢太大聲，免得像上次那樣嚇跑了牠。阿虎背向著我，沒聽到我叫牠，慢慢向前走去，我就那樣不遠不近吊著牠，半彎著腰貼著人家的牆邊走，跟蹤嫌疑犯似的，讓牠帶著我兜圈子。我不時低聲喚牠，牠都不回頭，該不會是被爆竹聲震聾了吧？

爆竹能不能把耳朵震聾我不清楚，不過是有震耳欲聾這句成語的吧？可欲聾又好像不是真聾，要是阿虎真的聾了，我大可以偷偷從後面走過去一把抱住牠，牠應該不會發覺的。

我拿不定主意要不要冒險一試，冷不妨一枚爆竹在什麼地方砰地炸開，嚇了我一跳，阿虎也驚跳起來，這就不像是聾了。我怕牠又會發足狂奔，正要不顧一切撲上去抓住牠再說，卻聽到背後傳來一個聲音：

「叫得那麼大聲，怕不連巷口都聽見了？非那樣嚷嚷不可麼？每次都被他嚇個半死。」

這不是金盛嬸那大嗓門？還嫌人家大聲呢，她自己就夠瞧的了。我看看四周，才發覺原來兜了個圈子，來到金盛叔家的後門外了。他家廚房有扇門，開向一條窄巷，就是現在我站著的地方。

「等你打賞嘛，哪能不大聲點？」是金盛叔的聲音。他應該坐在廚房另一邊的飯桌旁，所以聲音有點不很清楚。

「不是啦，剛才我開門的時候，好像看見他們家小弟在外面，一晃又不見了，也許是我眼花？」金盛嬸明顯的壓低了聲音，我可以想像得出她一定又是那樣左顧右盼、背後說人閒話的樣子。

阿虎不走了，低下頭在一堆垃圾裡面翻找什麼，牠在外面這幾天都是這樣從垃圾堆裡找吃的嗎？難怪瘦多了，一身黃毛也失去了光澤，蒙上一層髒兮兮的灰黑。

「他可寫得勤快，已經是第三封了吧？」金盛嬸的聲音有種急切，大概是要等金盛叔把信看完了才輪到她。

「營裡閒啊。」金盛叔說：「除了吃就是睡，不寫信幹嘛？」

「他有沒有提到——？」

屋裡面靜下來，感覺像是金盛叔要把信讀仔細了，才能回答他妻子的問題。垃圾堆那邊的阿虎像找到什麼好吃的，半晌沒抬頭，我叫：「阿虎，阿虎，」聲音低得連我自己都聽不見。

「一直在打聽啊，」金盛叔終於說話了，我不得不靠近後門一點才能聽得真切，邊又得小心不讓阿虎離開我的視線：「不過，嗯，好像也有點不抱希望了。」

「那怎麼行？」金盛嬸的聲音陡地拔高起來，然後好像發覺不該太激動就又壓低了：「我怎麼向他媽媽交代啊？」

「什麼都不說就是了。」

「說得倒輕鬆，她每次見到我都問阿雄有信回來了沒？我都有點怕見她了，每次都得睜著眼睛撒謊。……」

「也不全是撒謊呀，誰也沒親眼見著，……」

阿虎似乎吃夠了，搖了搖尾巴，舉起後腿撒了一泡尿，有點要走人的意思，我著急起來，想追上去，兩腿卻像蹲久了有點發麻，動彈不得。

「是沒親眼見著，可我們都心裡有數了不是？阿雄說的，那天晚上那樣的風浪，十幾二十人被捲去，隔天沖回岸上的才幾個？三個？四個？阿雄也不好受啊，真是的，都已經看見海岸了呢，就差那麼一點點，就那麼一點點，……」

「誰也沒辦法啊。同一條船又怎麼樣？都看各人的造化啦。……」我聽到推椅子的聲音，金盛叔的腳步聲由遠而近，好像向後門走過來的樣子，我連忙站起來，拖著發麻的腿，繞過屋角走向垃圾堆那邊的阿虎。

剛剛從垃圾中飽餐了一頓的黃狗抬起頭看著我，陌生的眼神令我停下腳步。原來每條狗的表情都不一樣的，眼前這條黃狗雖然毛色、大小都像極了，但一照面就可以肯定：牠絕不是阿虎。

陌生的黃狗一點也不介意我叫了牠半天的阿虎，一樣尖尖的耳朵向後微微垂下，尾巴輕輕搖了兩下，好像免得我難堪的在說：沒關係啦，認錯了哦，沒關係啦。……

我回到家裡的時候，天都快黑了。媽媽看我一臉沮喪，不用問就知道沒找著阿虎，安慰我說：「不要緊啦，過兩天等鞭炮都放完了，不用你去找，阿虎就會自己回來的。先去洗個澡吧，馬上就要開飯了。」

年夜飯的菜雖不多，但居然有梅菜扣肉，也有一條魚。

「年年有餘啊。」媽媽說。我發覺平時省電不敢開的幾盞燈，今晚全亮起來了，屋子裡明亮光猛，這才添了點年節的喜氣。

「送信的來過了？」爸爸問。我點點頭，又搖搖頭。那十塊錢還在我口袋裡，現在已經沒用了。我把它掏出來，還給媽媽。

「你自己留著吧。」媽媽慷慨的揮揮手：「我有預感，過了年，你哥就會有信回來的了。我的預感一向都很準的，你們別不信。」

「早就該有信了嘛。」爸爸說：「這郵政越來越不像話了，一封信幾個月還寄不到。」

「怎麼了你？」媽媽問我：「眼睛不舒服？」

「沒有，」我舉手抹抹眼角：「煙燻的啦。」

外面的爆竹聲此起彼落，漸漸密集起來。一年又要過去了。

（原載世界日報副刊，二〇一二年三月十六至二十一日）

江湖

黎自清走的那天，裴氏瓊莊送他出門。他的行李不多，只有一個小皮箱。從十三樓乘電梯下來，兩人都沒有說話，來到大門口，黎自清才停下腳步，拍拍瓊莊的肩膀：

「我走了。妳保重。」

瓊莊點點頭：

「順風。」

黎自清走出大廈，上了停候在路邊的一輛計程車。裴氏瓊莊看見他在車內朝她揮手，完全出於本能地，她也舉手搖了搖，那手勢倒像是要否定一些什麼。黑白兩色的計程車以一種悠然的姿態駛出她的視線之外後，瓊莊才驀然地發覺，這座她居住了十二年的城市，從來沒有像此刻這樣的陌生。

一個星期之後，黎自清的老同學，水牛城一家越文雜誌社的副編輯阮德廉來訪，看看黎自清的姑媽有沒有收到她姪子的來信，希望發掘到一點可供他寫作的材料，不過他顯然來得早了些，從越南寄來的航空信最快也得兩個星期。阮德廉只好坐在黎自清姑媽的客廳中，再一次聆聽她對黎自清的指責：

「沒有心肝哪，這孩子，忘恩負義的，也不想想，當年我和他姑丈，千辛萬苦的帶他出來，千辛萬苦喲，那真是！你沒有偷渡過不知道哪你，風浪多麼嚇人，食水又缺，我和他姑丈，又要看著他，又要照顧小絳，小絳那時才多大，不到兩歲哪……」

打從黎自清決定回越南開始，姑媽的這番話阮德廉也不知聽過多少次了，他知道接下去的一段該是追憶她和黎自清的父親如何手足情深，以及黎父如何託她把黎自清帶離水深火熱的故鄉。阮德廉的目光瞄向一旁的黎自清的表妹。小絳今年十五歲了，對越南的認識僅止於其地理位置。阮德廉一面打量她裸露在校服裙子外圓潤白皙的大腿，一面為他下一篇小說的女主角勾勒出一些模糊的輪廓，直至姑媽帶哭的聲音再度吸引他的注意力。

「可是他還是一個勁的要回去啊！」姑媽擤著鼻涕說：「天哪，早知你要回去，當年我巴巴的把你帶出來幹嘛？好了，讀的書多了，說的什麼哪，我都聽不懂了……」

黎自清的話其實很簡單：

——我自己的將來，該由我自己選擇，自己決定。

沒有人能知道裴氏瓊莊、大寶和么發三人謎樣的過去，除了他們自己。從馬來西亞難民營到美國，這麼多年來他們一直有意避開越南人聚集的社區，基本上這不易做到，因為散居在美國各地的越南人著實不少，位於美加邊境上的水牛城，越裔居民也有日漸增加的趨勢。初初搬來這幢大廈，他們還以為沒有別的越南住戶，後來才發現黎自清和他姑媽一家人。然而他們三人誰都沒有堅持要搬走，也許是找房子不容易，也許經過這些年來的刻意躲避，他們都覺得累了。這些日子以來，裴氏瓊莊常常想起黎自清說過的一句話：

「你看我們幾個，生長在九龍江，流落在五大湖，真成了身不由己的江湖人啦。」[1]九龍江，便是湄公河下游了。所謂九龍，指的是湄公河注入南中國海的九處河口，為越南南方帶來湄公河三角洲的沃土，造成富庶的魚米之鄉，這些，裴氏瓊莊都一一記得。

然而她卻不知道，早在他們還沒有跟黎自清熟稔起來之前，雜誌社的副編輯阮德廉就把他們三人當作江湖兒女來看待了。一個早春的黃昏，阮德廉在黎自清家叨擾過一頓晚飯後，漫不經心地對黎自清提起：

「你們十一樓那三個男女有點古怪，你有沒有看出來？」

黎自清正在拆閱一封越南來的家書，順口應道：

「那三個男女？」

「那三個越南人呀，年紀輕輕的。」

黎自清只讀了兩行便意識到那又是一封問他要錢的信，沒好氣地說：

「這幢大廈哪來其他的越南人？」

「是剛搬進來的，」黎自清的姑媽接口說：「兩男一女，看不出是什麼關係。前兩天我在樓下遇見那個女的，跟她打招呼，她也不理我。」

「就是嘛，所以我說他們古怪。你看，」阮德廉壓低了聲音說：「他們會不會是什麼越青幫的，在西部犯了案，跑來這裡避風頭？」

「沒有那麼嚴重吧？」姑媽說：「阿清，你爸的信上說些什麼？」

黎自清不答話，把信遞過去。姑媽戴上老花眼鏡讀了一遍，喜道：「好極了，阿清，你二哥下個月要結婚了，別忘了寄點禮物回去啊。」

「禮物？」黎自清說：「信上不是說寄錢的嗎？」

「錢是一定要寄的啦，你不能回去喝喜酒，當然也要寄點禮物回去呀。錢多寄點沒關係，你爸只有你一個兒子在外面，都要靠你了，你二哥的婚事辦得熱鬧，你爸也有面子呀。」

黎自清長嘆一聲，把身子埋進沙發中。並不是他吝嗇，而是他完全了解：姑媽所講的「一點禮物」絕非單純的一件實用或不實用的結婚禮物，收禮物的也不能只是將要結婚的二哥，像每一次寄回家去的包裹一樣，這一分禮物自然也必須令家中大大小小每個人都分到屬於自己的一分。無論是衣服、用品或玩具，都能讓他們在親友面前炫耀一番。每次寄包裹回去，黎自清都覺得像是在派發救濟品，然而他更知道，以家裡現在的經濟能力來說，救濟品是一個多麼可笑的名詞。

「對了！」一旁的阮德廉忽然從深思中醒來，興奮地說：「我看一定是這樣！他們打算在這一帶做案，現在先來踩盤，看準了機會才下手。阿清，你說對不對？」

黎自清皺著眉說：「你在說什麼？」

當夜阮德廉馬上為雜誌社完成一個短篇，寫幾名在美國的越南青年，其中一人在越南的老父病重需要動手術，為了籌錢寄回家，他們一連打劫了六家7-ELEVEN連鎖店，得手之後卻接到電報，越南的病人等不及做手術就去世了。

這個短篇刊出之後並沒有引起任何人的注意，包括作者自己在內。坐在黎自清姑媽的客廳裡，阮德廉已不復記得他曾寫過一篇那樣的小說，而裴氏瓊莊及她的同住者的身世對他來說也失去了吸引力。他只好繼續試圖在與姑媽的對話中摸索另一個故事的情節。姑媽談話的主題則一直集中於批評黎自清的忘恩負義和自私自利。

「他不為自己打算，也得替家裡人著想呀！」姑媽說：「他家裡現在全都依仗著他，日子才過得舒服點，他這麼回去了，那來的錢養家？他爸爸的日子怎麼過下去啊？」

阮德廉承認這是事實：他曾經看過黎自清二哥的結婚喜宴照片，從照片上面呈現的景象來看，黎家少了一個在海外的經濟支援，窮奢極侈的日子的確很難過得下去了。

「這就是我的家人。」黎自清有一回在裴氏瓊莊的家裡抱著頭痛苦地說：「每次來信光是曉得要錢、要錢、要錢！他們把我送出來，唯一的目的就是要我賺錢寄回去！」

然後他感覺到瓊莊坐在沙發的扶手上，手撫著他的頭。她的手絕不纖細：這麼多年來在工廠幹的粗活，令她的一雙手顯得蒼老且滿布風霜。但在蒼老和風霜的背後，卻隱隱另有一種叫人安定的力量。

「自己的家人，」瓊莊梳理著他的一頭亂髮，輕聲說：「算了吧。」

然後黎自清方才意識到：自從認識瓊莊以來，這是第一次，她對他所講述關於越南的瑣事作出了反應。

第一次跟他們正面接觸，還是阮德廉的主意。那天他拉著黎自清來到十一樓，按了半天門鈴，都沒有人來開門。「沒有人在家？」阮德廉想了想，說：「我們下去停車場。」

「幹嘛？」

「等他們回來。」

「我看算了吧！」黎自清遲疑著：「他們好像不大愛跟別人來往。」

「怎麼會呢？」阮德廉不由分說，把他推進電梯：「都是越南人，住在同一座大廈也算有緣，應該結識結識的嘛。」

他們在停車場等了大半個小時，大寶的汽車才出現。大寶停好車，和瓊莊、么發走出來時，迎面就見到阮德廉那和藹可親的笑容。阮德廉伸出右手，親切地招呼道：

「嗨，你們好，我叫阮德廉，這位是黎自清，他就住在這裡，十三樓。你們才搬進來不久吧？」

大寶略一躊躇，伸手出來和他握了一下，說：「是的。兩位好。」便要朝外走，阮德廉忙道：

「三位要是有空，上阿清家裡坐坐怎麼樣？阿清的姑媽做的點心才好吃呢，今晚她煮了點浮圓子，一起來嚐嚐怎麼樣？」[2]

瓊莊三人頭也不回，只聽大寶淡淡地說：

「多謝好意，不敢打擾。」

「不打擾，不打擾，大家都是越南人……」阮德廉還待再說，黎自清已一把拉住他，低聲道：

「你怎麼說我姑媽做了浮圓子？」

「隨口說說的嘛，」阮德廉看著他們遠去的身影，忿忿地說：「反正他們不會上去的。從來沒見過這麼不近人情的人。」

過了兩天，黎自清下班時在附近一家雜貨店停下來買了包香菸，出門時正好遇見瓊莊從旁邊的超級市場步出，兩手各抱著一個大袋子，黎自清道了聲「妳好」，瓊莊略低了低頭，也不知算不算跟他打招呼。黎自清看著她手上的東西，說：

「妳走路？不如我送妳回去吧，我的車子就在那邊。」

說著，不等瓊莊回答，就向車子走去。開了車門，回過身來，卻不見了瓊莊，再一看，原來她已轉身一個人走開了。黎自清暗暗罵了自己一聲，應該替她拿一袋雜貨的，怎麼這種基本禮貌都不懂！他連忙鑽進車子，一面追上去，一面不停按喇叭，瓊莊沒有回頭，反而好像加快了腳步，黎自清索性把車子開到她前面停下，然後下車，在行人道上迎住了她，說：

「真對不起，我……」

瓊莊卻像沒聽到似的，眼皮也不抬，就要從他身邊走過，黎自清以為她仍然不滿自己的失禮，便待伸手接過她手上的袋子，邊說：

「讓我替妳……」

瓊莊卻驀地側身一避，叱道：

「你要幹什——」

話還沒說完，袋子裡裝得太滿的蘋果啦梨子啦什麼的就都跌了一地，黎自清被她這反應嚇了一跳：

「我，我，我只不過想送妳一程……」

「你看你，」瓊莊跺腳道：「把我的東西都弄丟了！」

「對不起，對不起，」黎自清連忙彎腰撿起地上那些蘋果梨子，捧滿了兩手，走向路旁的汽車。瓊莊叫道：

「喂喂，你去那裡？」

黎自清又暗罵自己一聲，回身說：

「對不起，請，請上車吧，我這就送妳回去。」

瓊莊看著他，忽然噗哧笑了出來：

「你這樣子，怎麼開車門哪？」

從那次起，黎自清養成了沒事就往十一樓找他們聊天的習慣，不過多半都是他一個人在說話，說的也無非是關於越南的往事等等零亂的話題。大寶、瓊莊和么發只是靜靜地聆聽，極少插口。偶爾大寶會挑出一卷唱帶，然後整個房間就沉浸在越南歌曲那種特有的淒涼調子中。大寶的唱帶錄的都是許多年前流行的老歌，一些電視劇的插曲。那些年代的電視劇，劇情都很公式化，離家從軍的男主角，在戰場上出生入死，女主角在繁華的西貢讀大學，一面等待男主角的情信或者死訊。歌曲的旋律因此也都帶著一股化不開的悲涼，黃昏時候聽起來更令人神傷。

不過那都是流行於西貢解放前的了。黎自清當時還太年幼，對戰局根本說不上有什麼認識，大寶他們的年齡跟他也差不多，那些悲涼的旋律應該也離他們很遙遠才對，為什麼反而會受他們偏愛呢？黎自清有時候難免好奇。

好奇儘管好奇，黎自清從來沒想過向大寶或瓊莊打聽他們諱莫如深的過去。阮德廉就不同，他曾跟著黎自清來過十一樓拜訪，進門一坐下來就問：

「你們是那一年出來的？以前住在西貢？」

大寶的臉馬上沉下來，濃眉下的一雙眼睛死死盯住阮德廉，半晌沒有說話。阮德廉吃了一驚，不敢再問，不過此後他就沒有再在十一樓出現了。

大寶嚇退了這個不受歡迎的訪客，卻不能阻止他發揮他作為一個作家特有的創造力。阮德廉迅速為大寶的反應作出了極為合理的解釋。

「我看一定是這樣，」他對黎自清說：「他們的家人都在當年偷渡的時候死光了，他們不願再勾起那一段慘痛的回憶，所以絕口不提有關越南的事。」

阮德廉雖然完全相信自己所作的推論，卻第一次沒有把他發掘到的這個題材寫成小說。原因很簡單：有關偷渡的故事已經被寫濫了，投奔怒海的悲情在十多年後的今天已不能令讀者感動，更不能引起阮德廉的寫作衝動。

倒是瓊莊他們自此以後經常聽到黎自清講述自己的故事。

「我出來的時候才十歲，」黎自清說：「十歲，懂什麼呢？他們說生活有多苦多苦，我卻覺得跟解放前好像也沒什麼差別。——也許差別是有的，只是我不能體會？不管怎麼樣，我跟著我姑媽偷渡出來，其實也是身不由己的，人在江湖嘛，……」他苦笑了笑：「你看我們幾個，生長在九龍江，流落在五大湖，真成了身不由己的江湖人啦。」

大寶靜靜地聽著，一面從唱帶中出挑出一卷改良劇的歌曲[3]，室內隨即響起熱鬧的鑼鼓聲。黎自清坐在那裡，依稀覺得又回到了老家，坐在門前的芒果樹下，熱帶的陽光炙得人皮膚發痛，這時便有不知從那兒飄過來的改良劇曲，反覆唱述遙遠年代以來的忠孝節義，已吟唱了好幾千年，並將永無休止地吟唱下去。聽著，聽著，黎自清靠在沙發上，模模糊糊地就睡著了。

也許在那個時候，他心中就已有了歸國的念頭了罷？裴氏瓊莊後來這樣想。

黎自清其實並不認為他回國的決定和十多年前的流行歌曲和改良劇有什麼關係，但他自己也確曾思索過：為什麼會選擇在姑媽跟他談論「十一樓那三個古怪的年輕人」時，宣布回國的消息？

當時姑媽正在數說黎自清不要沒事就往十一樓跑：「那幾個小夥子看來不像正經人。」她說。

「怎麼會呢，姑媽？」黎自清說：「他們都有正當職業的，大寶是貨車司機，么發替人家修理汽車，只有瓊莊最近被解僱了，都怪經濟不景氣……」

「他們到底是什麼關係？是一家人嗎？」

「沒有什麼關係。就是朋友。」

「朋友？」姑媽的傳統東方論理觀念受到了極大的震撼：「兩男一女同住在一起，沒名沒分的，成什麼樣子？阿清，你最好離他們遠一點，不要學壞了。」

黎自清本要為瓊莊解釋解釋，轉念一想，向姑媽解釋是完全沒有用的，便不言語。姑媽見他欲言又止，狐疑地說：

「你可別跟我說，你也要搬出去跟他們一起住啊！」

黎自清搖搖頭，不知怎的說出一句：

「我在想，我該回越南去。」

姑媽一時摸不著頭腦：

「什麼？」

「回越南。」

姑媽呆了呆，才說：

「也好嘛，回去玩玩……」

「不是玩，」黎自清堅定地說：「我要回去定居。」

如果不是姑媽和姑丈的激烈反對，黎自清或許不會表現得那樣堅決也說不定。在越南餐館當雜工的姑丈，以前是資產階級，被共產黨清算的慘況記憶猶新，肯定黎自清是「受了共產黨宣傳的騙」，馬上對他進行開導，足足說了一個多小時，說到情急處甚至責問黎自清：

「不要忘記當初你是為什麼出來的！」

黎自清並沒有糾正他：一個十歲的孩子不可能知道他是為什麼要偷渡出來的，卻因此聯想起有一次父親來信責罵他的往事。那次是他決定讀大學，父親恐怕他沒有能力按月寄錢回家，來信說：

「……你讀不讀都不重要，聽說在外國做粗活的都很高薪，讀那麼多書有什麼用？重要的是多寄點錢回來。家裡生活很苦……不要忘了我是為什麼要送你出國的……」

黎自清的表妹子絳對半個地球之外陌生的祖國說不上有什麼感情，卻也贊成黎自清應該有自主的權利。小絳只對一件事感興趣：

「我聽說，」她對黎自清說：「胡志明市內，住在河邊的人家都沒有廁所喔，大便就那樣直接解在河裡，好噁心哦，你回去怎麼住得慣呢？」

「我又不住在河邊，」黎自清笑了：「你說的那種情形是真的，不過，要是沒有人告訴他們，那是不衛生的，他們永遠都會那樣做，對不對？」他轉向姑丈：「越南的一切情形都還很落後，政府現在推行改革，這是個難得的機會，我們回去，對改善國內環境應該會有幫助……」

「爸，他說的挺有道理的嘛，」小絳說：「至少，教他們不要在河裡大便……」

「小絳！」姑媽變了臉色：「不許妳替他說話！阿清，你回去就回去算了，跟小絳胡說些什麼！」

得到姑媽電話急召而來「勸勸阿清」的阮德廉此時推門而入，正好聽到這一段對話，即對黎自清說：

「看來你很有希望獲得諾貝爾獎了，——諾貝爾和平獎，我是說。」

黎自清迷惑地看著他：「你又在編小說嗎？」

「什麼話！」阮德廉說：「聽你剛才說的就知道了，只要你的行動再激烈一點，越南政府對馬克思主義再堅持一點，你就成了民主鬥士了，緬甸的那個什麼山什麼姫不就是這樣得獎的嗎？」

黎自清啼笑皆非：「那你怎不自己回去試試看？」

阮德廉認真地想了想：「算了，也不是容易的，至少還得勞改個兩三年，我恐怕撐不住。……」

「這可不是說笑的，」姑丈神色凝重地說：「阿清，絕不能相信共產黨的話，什麼改革，什麼開放都是假的，對你開放的只有勞改營！我一定得寫信告訴你爸，不能讓你這樣胡搞下去。」

「我並沒有胡搞，」兩天後黎自清在十一樓對大寶、瓊莊和么發說：「我爸也管不了我。任誰都管不了我了。我跟他們說：我自己的將來，該由我自己選擇，自己決定。」

裴氏瓊莊站在窗前，大廈對面的公園有幾棵楓樹，燃燒過了一個秋季，似已禁不住從加拿大從安大略湖吹過來的寒氣，漸漸熄滅了，紅色暗淡下來，透出了一股涼意。卡式唱機裡，不知名的女歌手唱另一支哀怨的歌，年輕的戰士在前線陣亡，後方他的情人聽到這個噩耗，卻無法證實，只有絕望地堅持等待他回來……。

「你在大學讀的是電腦……什麼？」大寶問。

「電腦工程。」

「對，電腦工程。在那邊有用嗎？」

「我不知道。」黎自清說：「不過，至少我可以去教書，教英文。」

「也不錯。越南現在正在改革，要跟外國發展貿易，英語教師必不可少。……」大寶燃起一根香菸：「要不然也可以去當翻譯。」

「最重要的，我想為國內的人做點什麼。……在這裡，我最多不過是一具無足輕重的電腦，回去的話，……以國內現在的情形來看，應該是很有可為的。」

「訂了機票沒有？」

「過兩天才訂。」黎自清說：「說說倒沒什麼，真要回去了，才有那種近鄉的情怯，……你們有沒有打算回越南看看？」

女歌手哀怨的歌聲恰在此時結束。在下一首歌曲的音樂揭起之前沒有人說話。大寶噴出一口煙。綣縮在沙發上的么發扭動了一下肢體。大寶望他一眼，才緩緩道：

「我在越南已經沒有親人了。我一家七口偷渡出來，上岸時只剩下我一個人。么發的遭遇也是一樣。我們，都沒有熟識的人在越南了。」

黎自清沒有注意到大寶簡略的敘述中並未提及瓊莊，因為他在這時候忽然想起了阮德廉，以及他虛構的無數故事情節，其中許多後來被發展鋪張成小說刊登在他那分雜誌上，只有一則例外。黎自清此刻才知道：阮德廉認為沒有寫作價值的那一則虛構，竟然與事實如此接近。隨之而來的另一種想法則更令黎自清深感不安：如果阮德廉光憑想像捏造出來的故事居然具有某種程度的真實性，那麼早兩天他隨口編派的關於諾貝爾和平獎的話，還能單純地看作小說家者流的一派胡言麼？這樣想著，黎自清似乎已預見到自己的身分正無可避免地從歸國僑胞轉變成民主鬥士，最後成為紅土高原上某個勞改營中的政治犯。

站在窗畔的裴氏瓊莊則預見了另一個事件。她知道，就在當夜，一場消失多年的夢魘將會再度出現。在馬來西亞的難民營，以及初來美國的那段日子，這噩夢一直緊緊纏繞著她。夢中，那黝黑粗壯的泰國海盜山也似的向她壓下來，和他同行的大哥不要命地撲上來搶救。多年以後重新出現在瓊莊夢中的這一場景仍然令她戰慄驚惶，不過那名海盜猙獰凶悍的長相已經很模糊了。不但如此，更令她驚詫的是，就連大哥的面貌也難以辨認了。唯一真實的是那山一般的重壓，以及海盜手上映照著日光的利刀。炫目的光芒一閃而沒。大哥抱著濺血的腦袋翻身跌進海中。

那一刀同時也劈斷了瓊莊和她家人的聯繫。這麼多年來，她完全沒有和越南的父母兄姐聯略過。

幾天之後，在唐人街一家越式咖啡廳，黎自清從大寶口中知道了瓊莊偷渡的經過。咖啡廳播放的也是那些哀怨的老歌，黎自清想，也許這是大家選擇來這裡坐的原因。

「一直都沒有寫信回去？」

「沒有。你叫她怎麼寫？說些什麼？」大寶說：「在難民營那段日子，她整天坐在海邊，難得說一句話，我真怕她會精神失常。有個年輕人就是這樣瘋掉的，那人沒有家人，因為瘋了，也沒有哪個國家肯收留他，只好一直留在營裡。……」

「你不是和瓊莊一條船的嗎？」

大寶搖搖頭：「我們只是，怎麼說，同病相憐？患難之交？不管怎樣，這十多年來，我們三個都是彼此扶持著撐過來的。」

黎自清喝一口咖啡，一邊思索大寶跟他說這一番話的用意。

「我跟瓊莊說過了，」大寶續道：「叫她寫下她家裡的地址，讓你看看是不是可以聯絡上……。」

「哦，地址呢？」

「瓊莊沒寫給我。她什麼都沒說。」

「也許……分別多年了，她不想家裡知道她還活著？」另一句話黎自清沒有說出口：對當年不顧一切送她去偷渡的父母，她是不是也心懷怨恨？然而他又馬上想起瓊莊那雙滿布風霜的蒼老的手，以及她梳理他的亂髮時說的話：

——自己的家人，算了吧。

「不會的。」大寶沉默片刻：「阿清，我跟你說。我初初來到這邊的時候，有一次在街上遇見一個以前在越南的鄰居，我連忙閃過一旁，怕被他看見，問長問短。去年我又在唐人街碰到這個人，我們彼此迎面走過之後我才想起是他，可他根本沒有望我一眼——他完全認不出我來了。我這才知道：對於所有以前認識我的人來說，我早就死了。我是一個沒有過去的人。你明白嗎？沒有過去！」他淒苦地笑笑：「么發和我的家人都死光了，過去和現在，已經沒有辦法連接起來，也就罷了。可是瓊莊不同，她的家人都好端端地在越南，她怎會不想家呢？不過沒有說出來罷了。十二年不是短時間，所造成的距離夠大的，可是現在填補還來得及。這還要瓊莊自己去想清楚……」

咖啡廳的旋律換上一個男歌手低沉的嗓子。傳說已戰死沙場的年輕士兵歷劫歸來，他只失去了一條手臂，然而他的情人卻因為憂傷過度，已在一個春天的黃昏溘然而逝。斷臂的退伍軍人來到女孩的墓前，憑弔舊日的戀情……黎自清站起來。

「回去了？」大寶問。

「不，」黎自清說，「我剛剛想到，要去買點東西。我二哥的孩子快要出生了，我這個做叔叔的從外國回去，連一分見面禮都沒有，總不像話。」

或許十多年的隔膜確是一條難以跨越的鴻溝罷？直到黎自清起程前夕，瓊莊才把家人的地址交給他。這期間黎自清在整理行裝之餘，偶爾會想起大寶說的那句話：我是一個沒有過去的人；並且無法肯定，自己之所以會有回國的念頭，是不是也因為害怕在國外待久了會失去對過去的記憶？

瓊莊把寫著地址的紙條交給他時作了簡略的說明：

「我爸叫裴文石，母親行三，鄰近人家都叫她木瓜三嬸。我家有個果園，種了山竹、榴槤、芒果、紅毛丹……不過最多的是木瓜，又大，又甜。……你回去也不必去找他們，只向附近人家打聽一下，我只要知道一家大小都平安，就夠了。」

黎自清看看那個地址。很陌生的地名，大約是地圖上也找不到的小地方罷，卻是瓊莊生長的故鄉，也同樣受到九龍江日夜殷勤的灌溉。當天夜裡，他把這個地址小心地抄在記事本裡，心中忽然有了感悟：流徙在國外的越南人是不可能接觸到越南的真面目的，太多複雜的情結，諸如姑丈姑媽的仇視、小絳的疏離、阮德廉的捕風捉影，還有瓊莊和大寶的刻意逃避等等，令越南的面貌已被扭曲至不復可辨認的地步。許多真實的情形，只有在越南的人才能了解，正如眼前這個陌生的地址一樣，不為人知，卻的確存在；單純，而且真實。

阮德廉自然無從知道黎自清在回國前夕的這番感悟。黎自清回國一個星期後的這天晚上，他在姑媽家中飽嚐了家鄉風味的佳餚以及姑媽對黎自清第無數次的指責之後，嘴角叨著牙籤，一面打著飽嗝告辭出門，一面繼續虛構另一篇曲折動人的小說情節。而在同時，十一樓的裴氏瓊莊躺在她房裡的床上做了個夢，夢見久遠以前一個夏日的午後，果園中熟透了的木瓜跌破在地上，空氣中充滿甜膩的香味。那香味如此濃郁，幾乎和阮德廉捏造出來的角色一樣鮮明。這夢其實只是裴氏瓊莊記憶的一小塊碎片，但已足夠令她沉溺於其中，並且相信：那才是她所熟悉的故鄉，一如阮德廉相信唯有他筆下的故事才是這一代顛沛流離的越南人的忠實見證。

（原載聯合文學九七期）

註：1越語「江湖」（Giang Ho）喻意與中文同。
2浮圓子，越式甜點，狀如湯圓。又，湯圓，亦名浮圓子。
3改良劇，流行於南越的地方戲劇。

我們的城市

許多年前雨季剛臨的一個下午，輕鬆的心情

從機場出來，朋友用機車載我回到城南區他的家，此後幾個星期讓我借宿的地方。車子穿過市區，在下午高峰時段的滾滾車流中，幾乎是一路不停按著喇叭走到城南的，其熱鬧加上市容的變更，雖然事先已有心理準備，一時之間仍然不免有認生之感。直到轉入一條小路，這兒的變化不如外面大街的巨大，我才稍稍鬆了一口氣。然後，我認出了那個我多年前填表申請出境的辦事處。

認出那個辦事處的同時，我也記得，十六歲那年的雨季，我在填寫表格申請出境的時候想起了包括你在內的一些朋友們。

真的，有異於你後來一再指稱我對身邊一切人事毫不關心，我確實在填

寫表格的時候有短暫的一剎那想到你，以及你我生長其中的這座城市的許多人事。

那時雨季才剛剛開始，天氣仍然酷熱，我們的心情則十分興奮。我們：我和我的父母兄妹；收到美國的舅舅為我們申請入境美國的文件，因憑之向政府辦理出境申請。當天下午，我們一家五口就在那個小小的辦事處填寫每人一份厚厚的表格。一九八一年，當早兩年隨著船民潮到達外國的人，如我舅舅的生活開始穩定下來後，循正式途徑為在國內的親人申請出國的各式文件表格的正本副本，也就開始乘著航空信封在太平洋上空往來穿梭，為郵差們賺取了不少豐厚的小費，也為熱切盼望出國的人帶來無窮希望。

我們就這樣滿懷希望的去填表申請，其興高采烈的程度絕不下於手中已握著了往美國的單程機票。而我在填到表格上「會否重返原居地」的一行時，義無反顧的寫下了否定的答覆，然後一抬頭，看見門外寂靜的街道，一個臉上蓋著尖頂草帽的三輪車夫坐在自己的謀生工具上，烈陽下好夢正酣，我忽然想起了我所熟悉的人事來。

那時我想到的是：我馬上就要離開我生長的地方，離開我的朋友了。當然這種忽有所感並不能也不宜理解為我對身邊事物的關心或不捨；反而是因為出國在即（至少我們那時候是這樣想）而驟然生出的、類似迴光反照的一剎那神智清明，正如十多年後的此刻，我從外國回來，經過這條窄小的街道，我又想起了你們，想到離合、聚散、緣份等等，也只不過是每一個離家多年的遊子重返故居時都必然會湧上心頭的感觸。

我回頭看看當年申請出國的辦事處，已改為一家什麼進出口公司了。我彷彿看到當年的自己，馬上要離開和我一起長大的朋友的短暫傷感，在我填完表格簽好名字之後已消失無蹤。我們走出辦事處的門，心情輕鬆無比，在回家的路上一直熱烈地預設我們到達美國後的生活方式，我媽則弄了一頓牛排作晚餐，為我們的出國美夢添上了蔥蒜的香味。

當時沒有人為我們指出：我們填寫的那份厚厚的表格，對於能出國與否其實是不具任何實質保證的，我們還要經過長達許多年的的耐心等待，經過一重又一重的調查審核，才能知道：出國的美夢是否永遠都只是一個無法實現的夢。

而即使能察覺這一點，我們大概也會拒絕相信申請的手續僅僅是一個渺茫的希望，比在茫茫的南中國海上等待外國船隻的救援還要渺茫。事實是，我們實在太需要一個信念，來支持我們在那艱苦的八十年代活下去，至於等待的終點會是什麼答案，我們都顧不了。

在那個時候，的確有人是純粹為了出國的信念而勉強活着的。我，或許也算是罷。明乎此，你還會責怪我對一切與出國無關的事都不理會、不關心嗎？

我們見證城市的生死，還是城市見證我們的興衰？

我們的城市，一如世界上其他無數的城市，曾經死去又重生過許多次。城市上一次的死亡距今大約二十年，沒有人能說出正確的死亡時間，只知道它既不毀於那場發生在猴年春節的劇烈巷戰，也不毀於其後七年的一場關鍵性戰役，戰役為代表尖銳對立的意識形態的雙方分出了勝負，有一個時代也隨之而結束。我們的城市屬於戰敗的一方，它換了主人，卻沒有立即死去，又苟延殘喘了幾年。如今少數仍然關心歷史的人都大致同意，城市的正確死亡時間是戰役結束後將近三年，雨季來臨前的一個炎熱的下午。基於意識形態的歧異，城市的新主人不喜歡做生意的商朝後人，要充公他們的貨品和財產，市內範圍不小的商業區原本掛滿五光十色的招牌，什麼記什麼昌什麼盛的各行各業，一夜之間全都消失不見，像寫在地圖上的名字給人用橡皮擦擦掉，碎屑輕輕一吹就無影無蹤。城市的新主人於是高興地宣布：他們在新的戰線上又取得了重大的勝利。

之後就是艱苦的八十年代。喔，對了，在城市死亡之後、跨進八十年代之間還有一場災難性的重大變故，也可以說是因城市死亡而引起的連鎖反應——皮之不存、毛將焉附的連鎖反應；我說的當然就是七十年代末那一波船民潮。潮起潮落之後，我們的城市從全國最大都市一變而為全國最大的一座死城。

當我再度回來，城市又已經活了過來。關於城市開始甦醒的時間同樣沒人能說得清楚，而根據大多數人都認可的說法，城市的復活正好是我出國前後那一段日子。復活的跡象是極其細微的，幾乎無法覺察，最初不過是街上多了幾個外國人、電影院開始放映一些過去不大可能看得到的西方片子……，這個時候，我們漫長的等待也到了終點：終於可以出國了。

我去把這個消息告訴你。你我原非什麼深交，本來向不向你辭行都無所謂，唯世間兮重別，免不了這例行的手續，也是交代清楚自己的去向，日後若有人問起，也有個可供追查的線索。我已不記得多久、大概從畢業後就沒見過你了。高中畢業已是我們出身背景所能得到的最高學歷，新當權者以異族又不屬於執政黨的青年團成員為由，在考大學時把和我們同一身分的參試者的分數大幅扣去。扣分的政策從來沒有公開，我們自己則都心知肚明，因此索性都不考大學，反正考得再高分也抵不過因出身背景被扣去的，反正我們之中多數都不稀罕上大學：我們有更重要的事要做，比方說，等出國。

那是一個停電的夜晚。舉著油燈來應門的是你的兄弟，說你不在家。我也沒在意，停電的晚上，誰會留在家裡呢？便順口問你幾時回來，在昏黃的油燈照映下，你兄弟的臉上閃過一抹可疑的神色，像排練了無數次仍然沒能掌握好面部表情的拙劣演員，說你到鄉下去了，一時不能回來。

似曾相識的答話，我略一猶豫，才記起潮漲的那些日子，常常在拜訪朋友時被這樣的答話拒諸門外：「×××？不在家，到鄉下去了。」訪者自然也就明白，不在家的人，也許正在監牢裡，也許在海上漂流，生死未卜——甚或生死已卜，只是訪者的關係還沒有親密到可以分享這個事實的程度，只好暫時存疑，日後才從其他的人際網絡打探出真相。

但距離潮退已太久太久的那個停電的夜晚，「鄉下去了」的答話竟像一種過時的流行語，聽者必須遲疑片刻之後才想起它流行時所代表的意義。

我總算聽懂了這句話，自忖與你的關係也沒有親密到可以追問下去的程度，只好依舊穿過停電的街巷摸索回家，一邊不禁吃驚：原來一直有人以這種危險、幾乎有點不值得的方式來實現出國的夢想？

那個停電的夜晚，如果我駐足傾聽，會不會聽到我們的城市沉寂已久、又再度起伏的輕緩呼吸？會不會聽到它微弱然而穩定的心跳？如果我堅持追問下去，你的兄弟會告訴我什麼嗎？

一首少年時唱過的歌，猝不及防的相遇

我想到你家走一趟。

前一天晚上約了幾個老朋友出來見面。我對如今約朋友必定得去卡拉ＯＫ的習慣有點不能適應，但也無可如何。幸而我與流行歌曲疏遠已久，可以放心的讓其他人去大展歌喉，既然都是陌生的旋律，也就無所謂好不好聽了。直到忽然傳出一首熟悉的調子，才喚起我對屬於那首歌的時代的記憶。民歌時代。這首歌流行的時候正是潮漲得最凶猛的日子，似乎也是你頗喜愛的歌曲之一：

你說過要到很遠的地方／去尋求你的理想／
像一隻孤獨的海燕／海闊天空任你翱翔
就帶著那句親切的叮嚀／和那顆執著的心靈／
莫忘了，從遠方回來的時候／要告訴我許多故事

歌詞是熟悉的，旋律卻好像有點不對，比我記憶中的輕快多了。我一直以為，這首歌的調子應該比較沉緩一點才是。既然是送行，遠行者去的又是一個自己可能永遠都無法去到的廣大世界，心情怎麼能輕快得起來？

這一首歌，以及其他當時流行的民歌，我們都是透過一個有著鮮明政治立場的電台收聽到的。而在收聽這些歌曲的同時，許多人也毫不保留地接收了那個電台所宣揚的政治立場，一個和我們城市的新當權者對立的意識形態，因而把自己也放置到那個對立面去。要到很多年以後的一個六月，經過了那場重要的政治洗禮，我才明白：該反對的，其實是以不同形式存在的獨裁，而不是任一個意識形態。截然對立的兩種意識形態，往往可以發展成為同樣獨裁的制度。

我依循著已不大清楚的人際脈絡捫索良久，始確定在座的朋友中有一二昔日同窗認得你的，便向他們打聽你的消息。同窗甲說：是的是的，我知道，聽說幾年前偷渡去了嘛。同窗乙在旁邊更正：不不，哪裡的事，偷渡是偷渡沒錯，可是失手了，在牢裡關了一陣子，我經過他家門前還常常見到他的。同窗甲反駁：你見到的不是他，是他的兄弟。他們幾兄弟一個模裡出來的，你九成看錯了。

我綜合雙方意見，只能肯定一件事：你的確在幾年前偷渡過，很可能就是我出國前那段時間。我持之以問甲乙，甲乙訝然：十一二年前的事了？真有那麼久了嗎？

我忽然覺得這真像一篇偵探小說，你是我們的嫌疑犯，設計了一個近乎完美的不在場證明，讓證人自以為見過你出沒在這座城市，但其實卻是他們的錯覺：你在過去十年之中，都沒有在我們的城市露過面。

是不是這樣呢？

我倒寧可相信同窗甲乙的錯覺是真的，你仍然活在這座城市，哪兒都沒去。——我的意思是：你仍然「活」在這座城市中。因為甲乙二人顯然已久不聞你的音訊，這給了我一種不祥的預感：一個人只要活着，是不可能跟交往過的人完全斷絕聯絡，一點音訊都沒有的。何況我們的城市又不大，更何況，同窗乙住的地方跟你的甚至只有兩個街口之隔。

這意味著什麼呢？

我只希望你仍然活着，好好地活着。

我們的城市不是都已經活過來了嗎？

我因此興起往你家一行、查清楚真相的念頭。但甲乙皆期期以為不可，說這樣做未免魯莽，假使你真的人在國外還好，可要是你已遭遇不幸，你的家人也未必肯對我這泛泛之交實言，而且事隔多年，他們的創傷縱難平復，當已結疤，我如此貿然前去，觸動舊痛，豈不殘酷？

除此之外，還有沒有別的方法，可以打聽出真相呢？

只好去找你的死黨了。同窗甲沉吟片刻之後，說。

咖啡是一度如此流行過的迷幻藥

你少年時期的死黨，當是最有可能解開我疑惑的人。不過他白天在一家進出口公司上班，晚上還兼職教夜校，要找他只有晚上到學校去。我於是選擇在咖啡店呆坐的方式來消磨這一整天。

讓我借宿的這位朋友，有親戚在中部開咖啡園，早幾年靠出口賺了不少，今年碰上大旱，咖啡眼看要失收，不過有上等的咖啡還是留著自己用。他們喝的咖啡，比出口外銷的品質還要好。

他們沖咖啡的方式也還是傳統的滴漏式。杯口上坐一個漏器，放咖啡粉、沖開水、蓋上蓋子，就等它一滴一滴的滴下來，像個計時器。咖啡一直是我們的城市中最經濟也最受歡迎的享受，很多年以前，當城市還沒活過來，不再有商店的街上最常見的是咖啡店，大多露天而設，但叫它露天咖啡店未免有誤導之嫌，因為人家馬上會聯想到歐陸風情的露天咖啡座，我們的咖啡店提供的並非歐洲式浪漫，而僅僅是一角空間，時間則貴客自理。當年這些咖啡店發展之繁盛，一如生命力最旺盛的野生日日春，不比芝麻更大的種子，只要沾著同樣面積的一丁點泥土，就能發芽抽葉。我們的日日春咖啡店門前擺幾把矮桌椅，馬上生意興隆，喝咖啡的差不多都是像我們一樣等出國的族群，也只有這個族群才有這種空閑，不事生產、不問世事的整天在咖啡桌前枯坐，看面前的滴漏，一滴一滴的丈量著時間、丈量著申請出國的進度：出境發下來了、外國移民局的通知來了、體康檢查了、複檢了、又複檢了、又複……。隨著每一個程序的完成，我們出國夢實現的日子愈近，與我們的城市也就愈加脫節。到這個時候，如果驟然收到外國移民局以資格不符為由的拒絕信，你會驚訝有人會馬上瘋掉嗎？

當你與你必須生存其中的城市是如此格格不入，又無能離它而去，除了瘋掉，你還能做什麼呢？

咖啡在冰塊溶解的過程中冷去，然後又被四周的熱氣烘暖。當年坐在一起喝咖啡的人，在他們悠閑的外表底下，其實是繃緊的神經、進退難定的焦灼、是隨時可以崩潰的精神狀態。

我就在這樣一家咖啡店外面坐著，試圖重溫當年苦候的心情。我記得那一次，你指責我對四周的一切都漠不關心，地點也就在這樣的一家咖啡店，起因則好像是我無法記起某些街道的名稱。你因而帶著揶揄的語氣說我：對美國五十州州的名字倒背（依字母次序）如流，還旁及每個州的首府，卻叫不出自己城市街道的名稱。——其實平心而論，那並不盡然是我的錯，誰叫城市的當權者三不五時就給一些街道改名字呢。但我沒跟你辯，也沒有愧怍之感：對一座棄之不足惜的城市，我們的漠不關心似乎也因為有了合法的出境證明支持著而理直氣壯起來。

而你對我的指責，是否也只是出於嫉妒，只因你不能合法地表達你對這座城市的漠不關心？

有人花了一生的時間來離開一個地方；有人徒然花了一生的時間

我在傍晚到你死黨上課的學校，抱著的是一種去領死亡證明的心情。塵埃已定，等的只是蓋在文件上的一個印章，此後，不必再為你的生死存疑。

學校意外的給我一種熟悉之感。這當然不是我們以前唸過的學校，但陳舊的校舍、照明略嫌不足的課室、密罩廁所四周幾疑已凝結成固體的異味……，我們的城市近年出現了這麼多酒店、舞廳、卡拉ＯＫ、公寓以至私人住宅都紛紛翻新，學校似乎是唯一被遺忘的建築物，堆在不為人知的角落，發霉、發臭。這些年來，當權者意識到當年排擠商朝後裔的愚蠢政策令國家經濟蒙受重大損失，正在企圖補償，有限度地恢復商朝後裔的經營活動，學習他們的語言，以便與香港、台灣的商人交流，是這種企圖的一部分，只是，元氣大傷的經濟得多久才能恢復過來？

就是因為要上課，所以沒能參加那天晚上的聚會，你的死黨說。也許是為人師表的緣故，他比我認識的少年時代的他多了一份沉穩，言詞之間不如以前的口沒遮攔，甚至有點拘謹。我如何可以肯定這與我所認識的他是同一個人呢？他又有什麼理由相信他眼前的我就是他所認識的我？

而這座城市呢？我忽然有點疑惑：我怎麼知道，這座陌生的城市就是我二十一歲之前未曾一日遠離的家？

話題很快轉到了你身上。其實他並沒死，至少我們都這麼相信，你的死黨說。在上課鈴響起來之前的短短幾分鐘，他為我大略講述了多年前發生在你身上的事。

那也是仍然關心你的人所能知道的，關於你的最後遭遇。

我在他的敘述中重返我們的城市還沒有活過來的那段日子，背景因為停電而呈一片漆黑。每個人都在整裝待行，差別的只是行程已定或未定，甚至連「最後離開的人請關燈」都不必說，因為早已無燈可關。你和其他不惜一切要離開這座城市、這個國家的同伴，被將你們組織起來的人帶到鄉下，但你們永遠沒有離開，因為那根本是一個詐財的騙局。按照慣例，你們行前只交一部分路費，等安全到達目的地之後，才向組織者說出一個事先設定的暗語，組織者便憑這個暗語回來向你們的家人收足餘款。事實上這個方法也非絕對安全，因為騙徒往往會用拷打的方式逼問出暗語，而這，也正是你們遭遇到的。你的同伴回來之後轉述了這段經過，說你不捨得平白損失大筆以黃金、以兩為計算單位的路費，無論如何都不肯說出那暗語，因此遭受比其他人更殘酷的毒打。他們說你被毆打之後，腦部受了嚴重震盪，忘記了你自己的一切，流落在那遙遠陌生的鄉野，再也找不到回家的路。你的家人聞訊後，曾經多次到那個鄉下小鎮尋找你的蹤跡，卻一無所獲……。

真不值得呀，你的死黨不勝欷歔：只因為捨不得那些錢。

你不去他家是對的，你的死黨又說：他朋友不多，有時在街上遇見了，也沒人問起過他，倒是你從外國回來，還打聽他的下落。

我把他還給他的課室，他的學生，步出學校。你的生死問題仍然沒有答案，也許永遠都不會有。我知道你不完全是因為捨不得那些錢。不是的。你只不過是要逃出去。只有曾經強烈渴望逃離一個地方的人，才能體會那種心情。我可以想像，在鄉下等候行程展開的那段時間，你一定和我們初初申請出境時的心情一樣，以為自己已踏上了離國的不歸路。等意識到那不過是一個幻覺時，你已經回不來了。

外面街道上車水馬龍，水銀街燈和霓虹招牌相輝映，正常得不能再正常的大都市的夜景。我忽然想起許多年前我登機出國的那一天，以及許多許多年前填表申請出境的那個下午，想起我填到「會否重返原居地」時，義無反顧地寫下的那個否定的答覆。

我為什麼又回來了呢？我一直以為我已經遠遠的、遠遠的離開了這座城市。

我沒有想到，你會比我走得更遠。

（原載中央日報副刊，二〇〇〇年四月九至十日）

黑白年代

1

今年夏天，我耽擱多時的洛杉磯之行終於可以實現了。

早在幾年前我來到多倫多時，便已知道必須盡早過去一趟。後來安頓好之後，就把西行之期定在去年五月。那次我機票也訂了，假期也安排好了，臨行前兩天，我從工廠回家，打開電視，晚間新聞正在報導洛杉磯的大暴動，螢幕上只見數不清的火頭和一片濃煙。我嚇了一跳，馬上撥了個長途電話給玉鸞姨。玉鸞姨拿起電話，只喚得一聲：「孟強啊！」就哭了起來。我的心跟著一沉。玉鸞姨哭著告訴我，她和她先生在洛杉磯的商店已被砸了，「貨物都被搶光了，真是血本無歸啊，誰能想得到呢？……」「那妳家裡呢？」我忙問，「住的地方還算平靜……」「家裡沒事就好，」我鬆了一口氣，同時想：西岸之行必得延期，么舅可能還得再耐心等待了。

我安慰玉鸞姨兩句，保證我會在最短時期內匯一筆錢過去助她應急。掛了電話後，我坐下來繼續看電視上燃燒的洛杉磯。一分鐘之後我忽然想起，那天正好是四月二十九日。

四月二十九。多巧。我忽然感慨萬千。都已經十七年了。十七年前的這個晚上，地球的另一面，另一個城市，西貢，正度過它作為越南共和國的首都的最後一夜。

對於曾經在一九七五年四月二十九日那個晚上醒著的西貢人來說，那一夜特別的長，似乎永遠也過不完。在他們往後或長或短的歲月裡，那個越南共和國彌留的夜晚一直是他們百說不厭的話題。

當時我只有十三歲，像西貢市大多數人一樣，那一夜我醒著，和爸媽、哥哥妹妹坐在廳裡，聽了一夜的炮聲。自然，還有么舅。炮聲我們當然不是第一次聽到的了。從小到大這麼多年，那一晚不是拿炮聲當催眠曲聽著入睡的？有時在夢裡翻個身，死寂的夜晨，遠遠傳來沉悶的隆隆聲，反而更能令人覺得安穩，睡得更沉更甜。沒人告訴我，那沉悶的隆隆聲背後，被催毀的是什麼。四月二十九那個圍城之夜，近距離的炮聲喚起我對爆竹殘存的一點模糊記憶。有一年春節，我曾經提著一串鞭炮拍過一張照片，那時我才六歲。那一年的爆竹聲還沒響完，越共的槍聲已在城裡城外打了起來。時為一九六八年，歲次戊申，是役便稱為戊申春節之役。從那時起，南越全面禁放鞭炮。當我一面打呵欠一面想著我與鞭炮的歷史性合照時，么舅正站在窗前，沒有表情的臉被炮光映照得一明一暗。

么舅當時想必在為他自己的前途耽憂。可他沒有想到的是，他會在三年後，在馬來西亞的一個難民營裡，被一個曾經同舟共濟的傢伙打死。

2

洛杉磯的案子今年重審，我女人提心吊膽地密切注意審判結果，彷彿我們投資了多少產業在洛杉磯。去年聽到玉鸞姨的店子被砸後，我想也不多想，就匯了三千美元過去給她。我女人沒反對，過後才說，幫她不是不應該，可也用不著那麼多罷。我明白她的想法，畢竟我們掙錢不容易。可玉鸞姨不同。「我們欠她的，一輩子也還不清。」我說：「試想，誰會把死了的男朋友的骨灰帶在身邊十多年，只為了要親手交還他的家人？」她的大哥，也就是我的大舅子老黑則絕對支持我。「女人懂什麼？」他說：「朋友嘛，仗義疏財是應該的，說不定那一天輪到你倒楣，要人家幫忙，誰知道呢？」

么舅可能更不會想到，十多年後去領回他的骨灰的會是我。他的三個外甥中，就數我跟他最不親近，原因是我不喜歡游泳。以前他常帶我們幾兄妹到海灘玩，暑假更是差不多每個週末都去。我生性怕水，何況炎炎夏日，我一想到沙灘上曬得人皮膚發痛的陽光就提不起精神，還是寧可留在家裡，或者找同學看電影去。

我還做了一件么舅知道了一定會搖頭嘆息的事：得知他遇害之後，我建議把他留下來的書籍悉數燒掉。他以前在西貢文科大學念哲學，解放後沒有再繼續念下去。這其中涉及的兩種對立的意識形態，我要等到很多年後才搞明白。么舅遺留下來的書籍中，一大部分是他本行的哲學論著，另外也有幾部心理學、社會學，每一部都像字典那麼厚，當然，其中有的真的是字典，英越、法越、漢越以及越漢，不一而足。如果不是映雪及時搶救，所有的這些書籍，肯定已讓我一把火給燒了。

映雪是我的同學，她是那種每年都考第一的冰雪聰明的女生。「燒了？」她拿起一本莊子翻了翻，好像我要燒掉的是一張中了頭獎的獎券：

「這是誰的書？」「我么舅。他在難民營被人打死了。」她似乎沒聽到我的話，又抽出一本老子菁華：「為什麼要燒掉呢？你們不要的話，都給了我好了。」「妳？妳要這些書幹嗎？」「看啊。這些書挺有趣的。」「有趣？」我看看那些書名：西方哲學史、論語、佛學論要……我搖搖頭。「隨便妳。不過我得提醒妳，這些都是反動書籍，妳要好好藏著，別讓人家看到了。」

映雪現在三藩市，正修讀她的碩士學位，念的卻不是哲學，而是社會學。這一趟西行，我會順道探訪她，以及另外幾位朋友，其中一個也是住在三藩市的阿龍。

阿龍和我是小學同學，交情本不算挺好，可么舅被人打死的時候他剛巧也在同一個營裡。玉鸞姨不敢把這個消息告訴我媽，便託他在給我的信中透露給我，同時囑我嚴守祕密，千萬不能讓我媽知道。信在三個月後到達我的手中時，么舅早已化了灰。當時才十六歲的我驟然身受重任，那份慌亂可以想見，晚上也沒能睡好，老夢見么舅，一身的血跡，冷冷瞪視著我。第二天我哥告訴我：「昨天晚上你說夢話，你說：么舅被人打死了。」我馬上就崩潰了。我把阿龍的信拿出來，一五一十都告訴了我媽。我媽看了信之後的表情，我一輩子都不會忘記。

3

我到達三藩市時阿龍來接我，那兩天我就在他家借宿。他的環境相當不錯，在唐人街有家超級市場，還跟朋友合資開了家餐館。據他說，他剛回過越南，帶了錢回去給那邊的家人做本錢，搞出租錄影帶的生意。

我告訴他，此行主要是來領回么舅的骨灰。

「是嗎？你舅舅死了也有……十五年了罷？」

「剛好十五年。」

「我記得他，……那時我們在島上，他常常一個人呆坐著看海。」

我問起當年么舅遇害的情形。「詳細的情況記不清了，」阿龍說：「好像是跟那個傢伙爭吵，也不知為了什麼，那時營裡人多，常常有摩擦，芝麻綠豆的事也能吵大架。那傢伙塊頭比你舅舅大得多，抓了一根鐵棒就掃過來。你舅舅躲避不及，後腦上捱了一下子，直直躺倒地上，沒流一滴血，就那樣去了。」

阿龍吐出一口烟團，繼續說：「那大塊頭後來也來了這裡。去年在唐人街上，就在我們超級市場對面，被幾個人開鎗轟倒了。聽說是黑幫仇殺，警方來調查了好久。」

4

後來那些年，有好長一段時間我都沒想到過么舅。事實上，那段時間我什麼事都沒做，什麼人都沒想。中學畢業後我沒能考上大學，這其實也是意料中事了。我們既不是革命家庭也非烈士遺屬，我又因為懶得填那份長長的申請表格而沒有成為共青團員，結果考上大學的都是具備以上種種可獲優待的身分的人，我自己則只落得整天騎著單車在街上轉，直至我媽把我送去偷渡。

那是那幾年間我唯一比較難忘的經歷。偷渡行動一開始就極不順利，有一批人走錯了地方，找不到約定的地點，等他們來到後匆匆下船，已比原定時間晚了一個多小時。船開了沒有多久就停了下來：引擎壞了。修了半天也修不好，船主最後只好決定回頭。半路上遇上了巡邏艇，慌亂之下幾個年輕小夥子跳水逃命，一個瘦瘦的黑個子拉著我：「跳罷，還等什麼？」我遲疑著，來不及告訴他我不會游泳，已被他拉著跳了下去。我發出一聲慘叫，跌入海中，七手八腳地划，還是一個勁的往下沉。我直著喉嚨大叫救命，已游開了的黑個子又轉回來。結果我們全部落網。

在西貢的監牢裡，我和黑個子被關在一起。「你叫什麼名字？」他問我。

「阮孟強。你呢？」

「叫我老黑罷。」他說：「早知你不會游泳我就不拉你下去了。自己一個人我早逃脫了。」我訕訕地感謝他救了我，他揮揮手：「別謝了。反正你那樣鬼叫，我也不可能跑得遠。」

三個月後我爸託人打通關節把我弄出來，老黑將他家裡的地址交給我：「告訴我老頭老娘，我在裡面過得很好。」我按址找到老黑的家，出來開門的是他妹妹。她的名字叫金鳳。又乾又瘦的老黑的妹妹，自然不可能貌若天仙，只是我當時窮極無聊，便常常藉打聽老黑的消息而上他家去。等到老黑也被弄出來時，我和金鳳的感情已經很好了。

老黑出來後不久又再接再厲偷渡，並且力邀我同行。他向我保證一定比上次安全穩當。我一方面是被上次差點淹死的經驗嚇怕了，另一方面也是確實湊不出錢來，到底沒跟了他去。老黑後來果然順順利利到達印尼。接到他報平安的電報時，我和金鳳，也就是我現在的女人，正要開始合作做生意：賣包子。

5

我常常想，如果不是認識了金鳳的話，說不定我會試著去追追映雪。雖然那可能也不會有什麼結果，每次去到映雪的家，總見到她在看書，多半是么舅遺留下來的那些字典似的天書。她倒是看得津津有味。有一次她甚至在讀一本有關命理相學的著作，她說，那也是我么舅的，我很驚訝：「么舅也看這些個迷信的東西？」

「這並不奇怪。」映雪說：「對命理有趣興的通常只有兩種人：沒有知識的，以及有大智慧的人。換句話說，就是上智和下愚。沒有人能真正了解命運；智者明白這一點，他們也無意深入探究，只想從觀察中歸納出一些自然法則，一窺命理的天機；愚人則對一切他們所不了解的事物都懷著敬畏的心情，因此對星相家、卜者等的話也就深信不疑。那才是迷信。」

我卻只想問問她，么舅和我媽的命又是依照那一條的自然法則。當我還被關在牢裡的時候，我媽患了急性盲腸炎，送進醫院動手術。誰都知道，割盲腸只是普通得不能再普通的小手術，可那些醫生不知怎的，竟把我媽給折騰死了。沒人知道究竟出了什麼錯。我媽也就像她么弟那樣，死得莫名其妙。這種荒謬的事，也只有在那個年代才會發生。

「那真是個奇怪的年代。」坐在她三藩市寓所的廳裡，鼻樑上多了副眼鏡，映雪看起來比以前還美麗。她的四周仍是堆滿了書籍，不過全是英文的，比么舅的那些更厚，更令我望而生畏。

「我給那個時代取了一個名字，叫它黑白年代。」

「黑白年代？」我皺皺眉。「黑暗時代可能更恰當罷？尤其那幾年，停電停得天昏地暗，那裡有白色？」

「白色恐怖呢？」

「有嗎？我倒不大覺得。」

「別忘了，」映雪微笑。「你把你么舅的書給我的時候，還提醒我，那是反動書籍，叫我別讓人看到了呢。」她掠掠頭髮，接著說：「我的黑白年代是另有所指的。那個年頭，一切事物，非黑即白，非白即黑，二元對立，沒有妥協，沒有折衷，沒有灰色。世界局勢上則是冷戰期間，越戰卻正打得熱烈。美國的反戰份子幾乎毫無例外地也都是親共派。……那種尖銳的對立，現在看起來未免有點可笑了。」

她說是這樣說，臉上卻全無笑意。我忽然發覺，她的表情有點像么舅，像一九七五年那個圍城之夜被炮火照亮的么舅的臉，他們都同樣的不快樂。

「最近有沒有聽到來自越南的消息？」我問。

「當然。我一直都注意著那邊的變化。越南的改革很有衝勁，整個社會也充滿了生命力。自然也有不少的社會問題。……老實說，我很遺憾沒有親眼目睹那種種變化的發生。……那很像一種跟歷史擦肩而過的感覺。」

「打算回去看看嗎？」

「既然已出來就不忙著回去了。況且我現在念的碩士學位，一時也走不開。」映雪悶悶地說。

我再度感覺到她的不快樂。我看看映雪身邊一部部厚如字典的書。讀那麼多書幹什麼呢，如果知識只為你帶來更多的困惑與苦惱？倒不如像我和金鳳那樣，生活中最大的問題只是如何付足每個月的房租賬單。何必去思考太複雜的問題呢？

這些話我並沒有對映雪說，因為我正要開口的時候，忽然想起：在好幾年前，我也曾經接觸過這一類有關歷史、社會的大問題，雖然只是短短的一瞬間，在喧囂的西貢街頭的一個黃昏。

6

我和金鳳賣包子的地方就在她巷子外面不遠的街角。我們搞了輛手推車，每天下午三點鐘我就去幫忙生火，炭爐上坐上一個蒸籠，然後把從堤岸一個製餅師傅那兒交來的各類包子，叉燒包、雞肉包、豆沙包等等擺到車上的一個小玻璃櫃裡。一切就緒之後，我們便將車子推過凹凸不平的窄巷，出了大街，停在街角。我們的生意並不算太差；通常到深夜收拾回家的時候，小玻璃櫃裡剩下的包子只有三五隻了。

我們擺賣的街上，在解放前原是咖啡館林立的區域。知識分子、大學生常常在此出沒。小時候有一次我爸騎單車載我經過，在慘澹的夕陽餘暉中，我看到其中的一家露天咖啡館外，坐著么舅，和他的幾個朋友。

那已是許多年前的事，輪到我每天準時在街角出現的時候，那些頗具法國情調的咖啡館自然早就沒有了。

然後有一天，金鳳接到她哥哥的來信。老黑說，申請他們過去加拿大的手續已辦好了，可以盡快向越南政府申請出境。金鳳看了信後，一整天的心情都十分愉快，我卻悶悶不樂。坐在那裡，看著曾經是咖啡館而如今已全分配了給北越幹部的一幢幢房子，我想起么舅也曾坐在這裡，對著同樣慘澹的夕陽，在那種短促的一瞬間，我忽然想到了社會、民族、歷史、前途這些嚴重的字眼。那種情形是很荒謬的，我是說：一個在街頭賣包子的小販，竟然思考起這些大題目來。我注視著越來越昏沉的落日，感到前所未有的消沉。

金鳳顯然也察覺了我低落的情緒。

「怎麼了你？」她問。

「沒什麼。」我強笑說：「妳和妳爸媽很快就會出國了罷？」

「還早呢，現在才申請出境，至少還得等一兩年罷。」我喃喃說了一句妳真幸運，然後又說了一大堆我是不用再想出國啦、我不會游泳和淹死啦、我沒有親人在外國把我弄出去啦……之類無聊的話。我不知道怎會說了那麼多，不過我情緒實在是太壞了，我情緒不好的時候話就特別多，而且語無倫次。

「不要這樣說，孟強。」金鳳說。

「還有我呢。我一定會辦申請，把你也接過去。」

「行嗎？」我茫然問。「對於那些繁複的申請手續我是一竅不通的。」

「當然，只要我們登記結婚，有了結婚證書，我就可以申請你過去了。」

「我們……結婚？」

「你不願意？」

「不，不，怎麼會不願意呢？我高興都來不及呢。」我這句話是真心的。握著金鳳的手，那一刻，她平庸的相貌在我看來不帝口是世界上最美麗的臉孔。我感動得幾乎要給她下跪。

7

另一個令我想下跪的女人是玉鸞姨。玉鸞姨也老了許多。我看過她寄給我的相片，她當然早已不再是二十年前留著長髮的大學生了，可她本人比照片裡更蒼老。家庭和孩子之外，去年的變故可能也是一個重要的原因。

「太謝謝你了，孟強。」玉鸞姨一見我就這麼說。我一怔之後才想起去年匯錢給她的事。這真叫我汗顏。

「怎麼這麼說呢，玉鸞姨？是我們欠妳的太多了。這些年來，多虧了妳照顧么舅，……」

「你這麼講我就不好意思了。你兩年前來到加拿大，我就該過去看你的，可當時我懷著這個小的，走不開，倒麻煩你跑這一趟了。」我看著她懷裡的小孩。

「妳幾個孩子了？」

「三個。這小的是女孩。兩個哥哥都上學去了。」

「店裡的生意好麼？」

「我們把店關了。」玉鸞姨苦笑說。「反正燒成那個樣子，重建也要花一筆錢，不划算。我先生另外找了份工作，生活還過得去，只是欠你的錢……」

「那筆錢妳不必還我的。」我忙說。害怕她還要說下去，我換過話題，問起么舅的骨灰。玉鸞姨走到後面，取出一個瓷罎子來。

「明倫，孟強來接你了。」罎子並沒多少灰塵，可玉鸞姨還是把它仔細抹了一遍，一面溫柔地說。

我猜她平時一個人在家，已經習慣這樣和么舅說話了。

「如果你不來，」玉鸞姨對我說。「過一兩年我有機會回越南，還是會帶他回去交給你們的。」

「么舅可能不想回去罷？」我故作輕鬆地說。

玉鸞姨卻搖搖頭：「其實他本不想出來的。他不是獨善其身的人。如果不是我哭著苦苦哀求，他會選擇留在國內，作時代的見證。他對我說：我們的國家不能永遠這樣下去，黑夜才剛剛開始，黎明不知何時才會來，可是我不要睡，我不能睡，我要醒著來看，看這個世界怎樣從窮途變亂中掙扎邁步，看它怎樣歷經也許艱苦的過程，一步一步地走出這漫漫長夜。」她笑笑說。

「他說對了。黑夜可能還沒有完全過去，但畢竟已在改革，……可惜他看不到了。」

我沒答腔，腦海裡又浮現一九七五年那個圍城之夜被炮火照亮的么舅的臉。那一夜，震耳的炮聲中我後來仍然睡著了。么舅卻好像始終醒著。我不要睡，我不能睡，我要醒著來看，……我很遺憾沒能親眼目睹那種變化的發生。那很像一種跟歷史擦肩而過的感覺。……這話是誰說的？

8

坐在玉鸞姨的客廳裡，看著么舅的骨灰罈子，我想，如果么舅活著，他是不是也會和映雪一樣，急切地攫取從地球彼端傳來的每一則消息？映雪比我還早兩三年出來，但她對國內情況的了解讓我吃驚，她娓娓詳述越南，通常是西貢，最近發生的社會新聞，什麼貪污、地產熱、卡拉ＯＫ熱等等，使我驚詫原來自從我出國之夜，國內又已有了這麼多改變。

「聽說舞女的黃金時代又回來了。」映雪告訴我。

「我不知道六十年代美軍駐越南時期這個行業有多麼興旺，可人家都說，如今舞廳的蓬勃情況連六十年代都比不上。當舞女不但不會受到蔑視，反而成了大家羨慕的對象。為什麼？收入好哪。家裡有女兒當了舞小姐，地位也提高了，有海外關係的越僑家庭都要瞠乎其後。世界，真的顛倒成這個樣子了麼？」她嘆口氣，又說：「市場經濟的大潮鋪天蓋地而來，被摧毀的首先就是傳統道德價值。西貢人變得貪婪、自私、金錢至上、唯利是圖，西貢也變得五光十色，黑白年代真的已經過去了。那邊那分報紙上有一篇報導，說如今西貢的青少年，他們沒有能力去高消費娛樂場所，只好三五成群地在熱鬧的街頭閒坐，坐過一個又一個無所事事的夜晚。這種事你和我都沒做過罷，坐在街頭欣賞繽紛的西貢市？」

「我曾在街頭坐過，」我說。

「不過我看到的只是慘澹昏沉的落日。」

「你在看落日的時候必定也感到過迷惘。」映雪說。我默然。

她說下去：「每一代的青少年都會感到迷惘，在他們成長的過程中。這一代所面對的迷惘可能比我們更大更深罷？如果黑白分明的世界已令我們無所適從，這個眾色繽紛的時代，他們又如何能作出正確的抉擇？」

我不知如何回答。我想起我以前賣包子的街頭。我想起曾在那裡坐過的一代又一代的年輕人。戰爭的日子、和平的歲月、開放的時代；繁忙的街道、沉寂的街道、熱鬧的街道。而背景，永遠是那一輪不變的荒涼的夕陽。

玉鸞姨問起我家裡人，我告訴她，大哥和妹妹都結婚了，每個人的生活都很好。我說，如果經濟改革早來幾年，我可能也不會出國來了。「怎麼說呢？」玉鸞姨：「你不喜歡這邊的生活？」

「也不是不喜歡，」我說：「只是未免太匆忙了。我現在每天回家都累得要死，而且老是睡不夠，每次躺下來都有種感覺，好像永遠都不會醒過來了。」

「當然你還是會醒過來的，」玉鸞姨說：「因為你還有夢。」

「什麼？」

「你會醒過來的，因為你還有夢。這句話是你么舅說的。」

「我那裡還有夢。我一躺下來就睡得死豬一樣，那裡還有夢？」

「還是有的。」玉鸞姨以肯定的語氣說：「每個人睡覺都會做夢，只不過大多數的夢，我們醒來之後就忘記了。你么舅說，如果你睡著了而不曾做夢，那你就永遠不會再醒過來，因為你已經死了。」

她再度摩挲那早已一塵不染的骨灰罎子。我不知道她是不是記得她的舊情人說過的每一句話，如果她在丈夫的面前也這樣動不動就引用么舅的話，那是很要命的。玉鸞姨曾在電話裡告訴我，她的丈夫也是文科大學的，和么舅是同學。不知他可曾和么舅一起泡咖啡館？不過這些對我來說都不重要，我感到興趣的是么舅那些關於夢醒之間的怪論。如果么舅在，我會問問他，他的夢有沒有顏色？用映雪的話來說，么舅整個人是屬於黑白年代的，黑白年代的人做夢，會見到鮮艷亮麗的色彩嗎？映雪對這個不知又有什麼見解？我可以確定的是，在許多年以前，當世界還沒有變成現在的樣子，一切都還是黑白分明的時候，我做過一個夢，我夢見映雪，坐在散落了一地的書籍中間，么舅的書，經過無數次的翻閱之後，發黃的書頁已開始鬆脫破落。映雪坐在那裡，身上的衣裙綠得像一片無憂的湖水，她抬起頭，兩頰一抹酡紅，清澈的眼裡彷彿閃動著智慧的光芒。夢中的我忽然強烈地感覺到：油盡燈枯的片片書頁，經過她的翻閱後，已在她的體內得到重生。

「對不起，」我從沉思中醒過來：「妳說什麼，玉鸞姨？」

「我說，」玉鸞姨眼神與語氣都很堅定：「明倫還是繼續留在我這裡罷。是我帶出來的，也該由我把他帶回越南去。」

於是我把么舅繼續留給玉鸞姨照顧，自己則空著手回到多倫多。也許這樣對我們都好。我的意思是說，么舅和玉鸞姨在一起這麼多年，都已習慣了，搬過來我這邊反而不便，金鳳又不認識他。我不知道玉鸞姨會不會把他帶回越南，他在那邊的親人較多，也還是比跟著我這個不成材的外甥強。

我回到家，假期也快過完了。下星期，我又得重新面對忙碌的工作與生活，日復一日地在不變的軌道上往來奔走，偶爾抱怨一下信用卡的賬單以及睡眠不足。我還會做夢嗎？我還是寧可相信么舅的話，相信我曾有過許許多多的夢，只是那過於短暫、匆促，連我自己都不復記得了。

（原載中央日報副刊一九九四年三月二十六至二十七日）

橫槊江山

1

一九三〇年的農曆新年，歲次庚午。

大年初十的這天清晨，阮愛國醒來的時候，意識中仍殘存著昨夜的興奮之情，但要過了兩三秒鐘才慢慢記起之所以會這樣興奮的原因：來自國內兩個組織的代表，在他的安排之下來到九龍，從陽曆一月初開始，經過整整一個月連串祕密而冗長的會議之後，印支共產黨和安南共產黨終於同意結合為一個統一的政黨。雖然代表只有寥寥幾人，另一個獨立組織印支共產聯會的代表又不克出席，但越南共產黨總算是正式誕生了，黨綱也草擬完畢，缺席的印支共產聯會可以稍後再簽字。多年來的努力終於見到了一點成果，重要任務完成，與會的各路人馬陸續散去後，阮愛國舒了一口氣，連日繃緊的神經一下子放鬆下來，反而難以入眠，擁著身邊的小秘書，他將無處宣洩的亢奮盡數傾注在她身上。

香港的天氣和北圻差不多，清晨平和的空氣令人有種錯覺，以為人世間亙古以來就是這樣安定嫻靜。

很多年之後，阮愛國回到北圻，攀上政治生涯的最高峰，並且遺棄阮愛國的名字一如當初遺棄他的原名阮必成，北圻冬天清涼的早晨仍會令他想起在九龍的這段日子，且不無感慨的發現：生命中這一難得的小小空隙，當立黨任務已告一段落、另一個也許更艱辛的革命紀元尚未開始的時候，擁著年齡比他小一半的小秘書，懶洋洋地躺在床上，竟是他革命生涯中最幸福的時光。

身邊的小秘書阮氏明開睜開了眼，一對相濡以沫的革命鴛鴦並沒有互道早安，原因很簡單：越南語彙中從來也沒有早晨起床後互相問候的句子；這個奇怪的特點令越南人在翻譯外國文學作品時經常遇到一個難題，Good morning，Bonjour，早，……這些至為平常的寒暄語，不譯也不是，勉強譯出來呢，又成了極不自然的翻譯腔。但假如因此而認定越南人是粗魯不文的蠻族，則又過於武斷了。越南人在言詞間自有其嚴格遵守的禮法，最明顯的是：一個普通的稱呼，你和我，就因對話雙方的地位、關係、輩份而有種種不同的變化，並不僅僅是你或您、tu和vous的分別。阮氏明開用來稱呼阮愛國的，則是最親密的一種，只有情人、夫妻之間才可以用；若勉強直譯為任一種外語，聽起來同樣是極不自然的翻譯腔。

「該稱呼你甚麼好呢？」她問身邊的越南共產黨創辦人：「主席嗎？還是總書記？」

「還早著呢。」阮愛國故作淡然，唇邊卻忍不住漾起一抹微笑：「要等下次各方代表都到齊了，才能選出總書記。」

「你一定會當選的，是嗎？」

「應該沒問題。」阮愛國充滿自信：「各派意見一致，就是心心社也沒有異議。」

「心心社也有派代表來？」

「我是說以前心心社的人。心心社散了之後，他們的成員大半被安南共產黨吸收了。鄭廷九就是心心社的人。」

「鄭廷九？就是那個河內口音、右腮下面有顆痣，長著幾根毛的？我見他和你談了好久，說些甚麼來著？」

「他離開北圻的時候收到情報，說是有革命黨計畫在農曆年期間發動武裝起義。」

「農曆年期間？不就是現在嗎？是哪個革命黨？」

「你說，」阮愛國反問：「目前哪個黨有能力搞武裝起義？」

「你這是考我來著？」阮氏明開眼珠子一轉：「嗯，我看看……，老一輩的，潘周楨已死，潘佩珠的越南光復會也已凋零，應該不會是他們，除此之外，就只有阮太學的國民黨了。」

阮愛國微微頷首：「可能受到中國革命的影響，這些年他們發展得很快，實力不容忽視。」

「阮太學追隨中國孫文的三民主義，越南國民黨說來也就是中國國民黨的一個支部。……」

「越南共產黨也是國際共產黨的支部，」阮愛國插口：「一樣的道理。」

「既然這樣，依你看，他們起事，會得到中國政府的支持嗎？」

阮愛國摸摸他光禿禿的下巴，這是他必須回答一些難以回答的問題、或者連他自己也沒有肯定的答案，卻不得不裝出深思熟慮的樣子時常有的動作：「實質的支持，很難；中國自從革命成功以來，一直亂得很，大家你打我我打你，南京當局自顧不暇，哪有閒功夫理我們的事？不過，不管有沒有中國政府的支持，越國黨都是必敗的。」

「怎麼說呢？」

「你想想，」阮愛國在這一刻決定開始留一把山羊鬍子，這樣他摸下巴的習慣就可以改為捋鬍子，看起來更有一副成竹在胸的自信：「中國國民黨當年革命，是推翻排外排西方的滿清朝廷，西方列強自然樂見其成，所以武昌之役一戰成功，西方國家馬上紛紛承認中華民國。而越南國民黨要對抗的，卻是法國人，是列強的同夥，越南國民黨要得到他們的承認，只怕不容易。」阮愛國清清喉嚨，又說：「話雖這麼說，我們還是要密切注意。近年大規模的武裝起義不多，越國黨這麼一攪和，固然成事不足，卻會令法國人加強鎮壓革命黨。……」

「對我們也有影響嗎？」

「所以眼下最要緊的，是盡快選出領導幹部、分配任務，更要擬好對策，應付即將出現的大鎮壓。」

「下一次會議是……五月？」

阮愛國點點頭。

「那時你就是主席了，對嗎？」

「我是主席，你就是主席夫人了。」阮愛國難得的俏皮了一下，有意要沖淡太嚴肅的政治話題造成的凝重氣氛。

阮愛國不幸而言中，因為雙方實力過於懸殊，越南國民黨的武裝起義果然是不自量力的以卵擊石。殖民政府平亂之後，也真的在全國上下加強鎮壓，使各派的革命黨都不敢妄動。與此同時，阮愛國和他一手創立的共產黨的蜜月期也結束了：在接下來的幾次黨部會議上，他都受到一批比他年輕、也比他激進的黨員的猛烈批評，其中一個更當選為越南共產黨的第一任總書記。不過這位叫陳富的激進黨員當選後不久，就被法國人抓去，旋即死在牢裡，死時只有二十七歲。繼陳富之後出任總書記的是另一個同樣年輕的黨員，叫黎鴻鋒，他不只從阮愛國手中奪去總書記的位子，也奪去了他的女人阮氏明開，然後和陳富一樣不明不白的死在法國人的牢獄裡。這些都是此後十年間發生的事，此刻躺在溫暖被窩中擁著阮氏明開的阮愛國，即使可以預見他自己將來終於會當上黨主席，也很難想像在他能成為黨主席之前，小秘書阮氏明開已早他一步當上了總書記夫人。幸好此刻並沒有人把這些事預先透露給阮愛國知道，否則他在嗤之以鼻之餘，難保不會笑得滾在地上，一口氣上不來，那就甚麼主席、甚麼總書記都沒他的份兒了。

2

越南國民黨的領袖不是總書記，也不是主席，黨內同志都稱阮太學為黨長，傅德政是副黨長。

鄭廷九的情報一點不差，越南共產黨在香港悄然成立之後三天，越南國民黨發動了他們的第一次大規模武裝起義。不幸的是，這也是他們所能發動的唯一一次大規模武裝起義。農曆正月十二，陽曆二月九號的深夜，阮愛國在遠方的床上仍耽戀著阮氏明開年輕的肉體時，越南愛國者的革命火種從河內西北方一百八十公里外的安沛市熊熊燃起，迅速蔓延到北圻各省，也迅速被殖民政府弭平，數百名革命黨人被執，黨長阮太學、副黨長傅德政輾轉逃亡，幾天之後也相繼被捕。

阮太學在河內唸大學時，曾加入南同書社，與傅德政等人翻譯出版中國的革命著作，包括孫文的三民主義。其後不久，被法國人視為眼中之釘的老革命家潘周楨病逝西貢，青年學子在全國各地為他舉辦追悼會，南同書社諸生也不例外，殖民政府秋後算帳，所有與會學生一律被開除。阮太學和傅德政便成立了越南國民黨，以三民主義為黨鋼。越南國民黨從來也沒有正式執政，部分原因也許是他們一開始就沒有儲備足夠的力量，不像他們北方鄰國同名的政黨那樣，可以一次又一次地起事，反而第一次起義就賠上了自己的正副黨長，以致元氣大傷。安沛起義失敗之後的幾個月，全賴阮太學的紅顏知己、人稱江姑娘的阮氏江勉力支撐，與獄中及各地流亡同志保持聯絡，越國黨才不致完全覆滅。一九三〇年三月，殖民政府判處三十九名黨人死刑，六月，巴黎頒下特赦令，二十六人獲改判終身監禁。

六月十七日清晨，阮太學、傅德政與十一同志從河內被解回安沛，一一處斬。阮氏江懷揣兩枚自製炸彈，與近衛范東海及數名黨人混在人叢中，意圖劫法場，可是他們沒有想到刑場竟然有那麼多人。人群大半是來看熱鬧的，安沛小地方，幾曾見過殺頭這等大事，而且一殺就是十三個，鄉民因此翹首以待，天還沒亮，刑場四周就已擠得水洩不通，洋溢著一片節日慶典的熱鬧氣氛。

如果范東海看得出人群純粹只為看熱鬧而來，沒有半點他們想像的哀慟悲憤，他也許會感到莫大的挫折，從而對抗法革命失去信心；但范東海是一名護衛，只會盡責的顧慮人群中是否潛伏著便衣探子，果然也就被他發現了好些個，在拙劣的偽裝之下，目光四處探索，但范東海因此反而納悶何以不如預期中的草木皆兵，事實是多半探子並不比鄉野人家見過更多世面，注意力同樣被台上的殺頭大戲吸引去了。

范東海的注意力則落在兩個小孩身上。誰帶孩子來這種地方呢？他怔怔望著他們，不過四五歲的一男一女兩個小毛頭，不知多麼興高采烈的在大人的腿間穿來穿去。阮氏江也看到了，范東海見她抱在胸前的手再抱緊一點，好像害怕懷中的炸彈不小心掉了下來。范東海知道：劫法場的計畫是行不通了，不完全是這兩個小孩的緣故，他們被人群隔得遠遠的，連步上斷頭台的同志是誰都看不清，因而有點不真實的感覺，彷彿引頸受戮的都是和自己無關的人。范東海的思緒一片混亂，甚至沒有注意到阮太學是什麼時候上了刑台的。根據記載，他是最後一個，臨刑前還高聲呼叫「越南萬歲」，但沒喊完就被鍘刀切斷了。這些細節，范東海一點記憶都沒有，他只知道行刑結束了，時間才不到早上六點，砍掉十三顆人頭，好像比他們預期的快得多。人群慢慢散開，范東海他們隨著人潮離去，心下一片茫然。

「東海大哥，」阮氏江對他說：「我們得去一趟土桑村，給黨長家裡報個信。」

土桑村在河內城外不遠之處，范東海陪著阮氏江搭火車，第二天一大早來到村外，阮氏江拿出事先準備好的白布纏在頭上。到了阮家門外，范東海卻踟躕起來，他實在不想面對阮家兩老聞得兒子死訊之後可以想見的哀慟場面。阮氏江似乎看出了他的心思，說：「東海大哥，你不必陪我進去了，在門外把把風，這地方說不定已被密探監視著了。」

范東海在門外一塊石頭上坐下，忽見一名少年緩步而來，范東海的第一個反應是「密探」，但少年再走近幾步，范東海就知道自己錯了：少年最多十三四歲，和阮太學簡直是一個模子出來的，尤其是眉宇間的一股英氣，乍看就是另一個阮太學。范東海也聽人說過黨長有一個弟弟，在家裡照顧父母，卻不記得他叫甚麼名字，想必就是這一位了吧？少年看了范東海一眼，沒說什麼就進屋去了，范東海卻覺得喉頭好像猛地被什麼堵住，打昨天從刑場上回來之後，整整一天一夜他都這麼恍恍惚惚的，連他自己都奇怪：遠遠看著同志們被砍頭，應該是悲憤莫名才對，卻不知怎的一點感覺都沒有，甚至一覺沉睡到天亮，連夢都不做；直到和少年猝不及防的這一照面，他才實實在在的意識到：黨長、副黨長和那十一個同志是真的死了。一時整個人好像失掉重心似的，腦中一陣暈眩，這時候別說是密探了，連阮氏江從屋裡面出來他都一無所覺。江姑娘幽靈般飄過他面前，也不招呼他，自往村口走去，范東海這才如夢初醒，急急跟了上去。

出了村子，阮氏江一言不發，慢慢踱著步，走了大約一公里，范東海正要提醒她這地方並不安全，不宜久留，卻聽江姑娘開了口：「東海大哥，」她頓了頓，好像費了很大的勁才能繼續往下說：「你不要再留在國內了，找個機會逃出去，武鴻卿、嚴繼祖他們在昆明，你要去投靠他們也好，找個地方躲著也好……。」

「那，……那您呢？」范東海問。

「我自有打算。你先去吧，我想一個人靜靜。」

范東海還想再問，但阮氏江已轉過身去，顯然不願再受打擾，他只好想了幾個他可能落腳的地點，告訴江姑娘，以便日後聯絡，也不知她有沒有聽進去，范東海又叮囑了幾句萬事小心的話，才轉身離開。那是他最後一次見到江姑娘。

後來范東海才輾轉聽說：阮氏江在土桑村外一棵菩提樹下吞槍自盡。范東海知道江姑娘隨身藏有一支短銃，是阮太學送給她的，亂世革命兒女，這就算是他們定情的信物了。

江姑娘自盡前先支開他，是怕他會攔阻？范東海不這麼想。槍在江姑娘手中，她要向自己開槍，范東海措手不及，是不可能制止她的，江姑娘應該是擔心槍聲會引來密探、法國人，或甚至只是好奇的村民，都會為束手無策又不忍心離開的范東海帶來麻煩，才要他先離開的。

阮氏江後來被好心的村民安葬在那棵菩提樹下，范東海則開始成為一個說故事的人。他一遍又一遍、無休止地反覆敘述這兩天所發生的事。他的聽眾包括各種年齡、職業、階層，有越國黨的同志，也有死對頭越盟，到了晚年，聽范東海說故事的還有一位來不及見到革命者拋頭顱灑熱血的年輕女記者、和一個對阮太學和國民黨幾乎一無所知的北越共幹。到了那個時候，范東海對他自己所經歷的歷史事件記憶也漸漸模糊起來，不大分得清何者是事實，何者純出於他的杜撰，以令故事聽起來更動人。比方說，在他的演義中，阮太學逃亡之前，會叮囑他「好好照顧江姑娘」；又如講到阮氏江在土桑村口自戕的一節，江姑娘在開槍前會對他說：「到雲南去，投靠阮祥三，只有他能復興越南國民黨。」其實江姑娘並不認識阮祥三，而且阮祥三那時也不是國民黨員。

3

阮祥三那時只是范東海的聽眾之一。一九三一年六月十八日，越南國民黨黨長阮太學的周年忌辰翌日，也就是江姑娘的忌辰。早一天，各地殘餘的越國黨人悄悄拜祭過了故黨長，卻似乎把江姑娘給忘了。范東海攜香燭供品回到土桑村，打算拜祭過江姑娘後就逃去中國，與各同志生聚教訓，伺機再起。來到土桑村外，范東海才發現他不是唯一記得江姑娘忌日的人。菩提樹下阮氏江自盡的地方多了一座孤墳，墳前站著兩個人，一個是他見過而不知其名、酷肖阮太學的少年；一見到他就先招呼：「這位大哥，是去年和江姑娘來過舍下的吧？——阮太學是先兄，我叫阮文林。」少年指著身旁的人說：「這位阮祥三先生和先兄是同學，大哥對先兄和江姑娘去年起事的始末想必知之甚詳，今日湊巧碰上了，何不到舍下小坐片刻，也好跟祥三先生仔細說說。」

范東海遲疑著，還沒回答，一旁的阮祥三開口了：

「這位大哥身分不比尋常，這兩天又是太學先生的忌辰，密探會不會加強監視？如果因此為太學先生的家人帶來麻煩，就不好了。」

「不要緊，」阮文林說：「正是因為先兄的緣故，鄰近人家都對我們很照顧，密探反而不容易滲透進來。」

阮祥三和阮太學年齡相若，一身白色西裝，唇上蓄著小髫子。即使阮文林不說，范東海也猜得出他是法國回來的留學生，先自有了幾分好感，因為在他的認知之中，留學日本法國回來的學生往往思想先進、為他們引介新的事物、對越南的封建兼殖民地現狀痛心疾首，這些留學生即使本身不是革命分子，也對革命黨抱持同情的態度。

他沒有猜錯，阮祥三當年在河內念美術系，曾加入過南同書社，也因為參與追悼潘周楨而被開除，之後經柬埔寨到法國待了幾年。阮太學偕同志魂斷刑場、江姑娘飲彈自盡的時候，阮祥三正在乘船從法國回越南的途中，但這並不妨礙范東海日後把他回國的日期提前兩個月，使之恰好趕得及出現在安沛市行刑的現場。在范東海的這個新版本中，阮太學繼十二位同志之後步上斷頭台時，並未見到傷心欲絕的江姑娘，卻看到了人群中的阮祥三，並且認出他就是當年南同書社的社友，兩人對視了幾秒鐘。據范東海的說法是，在這極其短暫的四目交投中，越國黨領袖的傳承儀式已悄悄完成：「阮三先生注定了是要繼承黨長未竟的遺志，」晚年的范東海會以沙啞的聲調告訴他的聽眾：「他注定了要負起這個無限艱鉅的領導任務，與一切不合理的制度周旋到底。」

然而在土桑村阮文林的家中，范東海的口述歷史還沒有被他自己扭得太厲害，阮祥三得以聽到堪稱最貼近史實的版本。范東海描述刑場人山人海的盛況時，阮祥三皺起了眉，范東海只道他責怪他們沒有盡力營救黨長，忙道：「我們原本打算劫法場的，連炸彈都準備好了，可是人真的太多了您哪，還有小孩子，總不能傷了小孩吧？」「我知道，」阮祥三說：「你繼續往下說。」聽到江姑娘自盡的一節，阮祥三嘆了口氣：「民智未開，竟令英雄兒女含恨以歿！」

范東海沒聽明白：「甚麼？」

「我是說，江姑娘其實沒有必要自殺的。革命黨正需要一位像她這樣的領袖。可惜了，她只是一介女流。」

這一句范東海聽懂了，卻無暇深思其中所透露的對傳統重男輕女思想的不滿，也不能預見阮太學和江姑娘的死令越國黨此後多年一直陷於群龍無首的困境中，他告訴阮祥三和阮文林，拜祭過江姑娘後，他將趕赴雲南，與當地同志會合。「雲南支部現在由誰負責？」阮祥三問。

「是武鴻卿、嚴繼祖兩位。」范東海答。一旁的阮文林接道：「武鴻卿我知道，也是我們村子的人。」

阮祥三搖搖頭，不知是沒聽過武嚴兩人的名字，還是不相信他們的領導能力，只淡淡說了一句：「那就好。希望能見到國民黨早日復興。」

「國民黨一定會復興的。」范東海說，然後就匆匆別過阮祥三和阮文林，逕往雲南去了。

4

安沛起義失敗之後，法國人加強對革命黨的鎮壓，越南國內一片肅殺，革命活動一時沉寂下來，范東海去了雲南，有很長一段時間沒見過阮祥三，也不知道阮祥三和他一樣，在這些年之中已經成為一個說故事的人，兩人的分別只在於：阮祥三是作家，他選擇了一個向來不受重視的文體：小說，並且憑藉這個文體為越南文學注入一股清流，開創出一個前所未有、以後恐怕也很難再出現的文學盛世；范東海的格局則要小得多，充其量只可以算是一種口述歷史，純粹為打發時間而為之，說的人和聽的人都不甚注重其內容有多少真實性，因之漸漸地也就脫離了史實，加入更多范東海自己編造的成分。一些原本聽他說故事的聽眾，後來也被他編進故事裡面來，像阮祥三，還有杜廷道和劉瑞安。杜廷道被他刻畫成驍勇善戰卻壯志未酬的武將、劉瑞安則是陰險邪惡的女間諜。故事中偶爾也穿插著他自己的革命經歷，不過范東海從來沒向任何人提到過一個非常不重要的細節：他在流亡雲南的時候，一個十分偶然的情況下，居然還寫過一句詩。

三十年代初，越國黨員在雲南的活動常受到法國人的騷擾。黨支部一次私下處決一名向法人告密的叛徒，還把屍體丟在法國領事館前示威，惱羞成怒的法國人向滇政府及省主席龍雲抗議、施壓、行賄，龍雲便逮捕了支部負責人武鴻卿、范東海等五人。

范東海的這幾位同志，和他一樣粗通文墨，在牢裡閒著沒事幹，便胡謅幾句詩打發時間，也有那麼點彼此激勵、互相鼓舞的用意，有兩個開了個頭：「身體在獄中，精神在獄外」，是用漢字寫的，他們在中國住得久了，都學了一點中文，而且寫漢文詩也是當時相當流行的玩意；第三位同志想了想，接下去：「欲成大事業」，三人搖頭晃腦，激賞不已，要范東海為他們收筆，范東海本不懂什麼詩不詩的，但拗不過那三個，只得胡亂掰了一句「精神要更大」，純粹只是敷衍他們的意思，那三位同志卻大為高興，把這四句漢字詩鄭而重之寫在一本小記事簿中。在他們出獄之前，那幾位同志斷斷續續又在小記事簿裡寫了幾首詩，范東海都沒再參與創作了。

幾個月後，越國黨在不受法人勢力影響的南京成立海外總部，隨即獲得中國國民黨承認為合法政黨，可在中國境內活動。昆明獄中的武鴻卿、范東海等聽到消息，便絕食抗議，中國國民黨也向龍雲交涉，五人終於獲釋，卻不得在雲南境內逗留，越國黨支部於是遷到廣西。重獲自由的范東海早就把他此生寫過的唯一一句詩忘到九霄雲外了。然而，一切被創作出來的文字，都有自行生長的能力，哪怕只是隨手寫出來又迅即被原作者所遺忘的短短一句詩也不例外。

范東海卻不知道這麼多，因此即使在發現段香雪這位小妹妹竟然也會寫小說的時候，都沒能讓他聯想起他自己這一段擦身而過、極其短暫的文學因緣。

段家是范東海以前河內的鄰居，流亡雲南多年之後，國內局勢又漸漸平靜下來，范東海受武鴻卿之命回到河內觀察形勢。那時他父母已亡故，段家憐他在河內舉目無親，即使知道他暗中參加革命黨，仍然容他借宿。香雪那年才十六歲，患了肺病，整天關在屋子裡，寫作成了她唯一打發時間的消遣。

一天范東海從外面回來，遠遠就聽到香雪在房裡和劉瑞安的笑鬧聲。劉瑞安是香雪的好朋友，長得一點兒也不陰險邪惡，一雙眼睛更是明亮如秋水，這時卻有遮掩不住的又羨又妒：「你好厲害啊，把我都比下去了！」

香雪紅著臉，有點不好意思，但也有一點興奮自得：「我也沒想到啊，只是寄去試試嘛，沒想到……。」

「沒想到甚麼？」范東海探頭進來問。

「東海大哥，」劉瑞安搶著回答：「不得了啦，小妹現在是大文豪了！」

「沒有啦，甚麼大文豪，人家才用了我一篇小說……。」

「人家？人家可是《風化報》呢！我寄去的幾篇稿子，都沒採用過。」

「你哪希罕？你自己就是編輯，也出版過一本小說了不是？」

「那可不一樣呀。誰不知道，一本書的封面上要沒有『自力文團』四個字，就是不夠水準。」劉瑞安說：「現在可好，陳慶餘、黃道、石藍，這些大作家，你都跟他們平起平坐了，連阮三先生都親自上門拜訪了吶，還什麼……。」

「哎呀，說起這個我才不好意思呢，」香雪說：「阮三先生來信請我上他們報社談談的，我說我有病，出門兒不方便，他竟然就親自來了……。」

范東海再也沒有想到：她們倆口中的阮三先生，就是當年土桑村口江姑娘墳前和他有過一面之緣的阮祥三。阮祥三一直沒有忘記范東海轉述的阮太學和越國黨人就義時當地鄉民看熱鬧似的景況，因而感悟到革命要贏得廣大民眾的支持，首先得提升民智。他回到河內之後，首先是謀得一份教職，過了不久又購下一份瀕臨倒閉的報紙《風化》、連同幾個志同道合的朋友，包括他自己的兩個弟弟，成立「自力文團」，開始發表小說，同時在河內聖觀街八十號經營「現代出版社」、繼而辦文學獎……，十年之間，自力文團不但成為一個時代的文學運動，對社會改革也有深遠的影響。阮祥三在一九三五年以筆名「一靈」出版的小說《斷絕》更成為那個時代的代表作，范東海如果那時就讀到這本小說，最多只會覺得書中一個參加革命黨的男性角色「有一點點像黨長」，而未必會把女主人翁阮氏鸞和江姑娘聯想在一起。書中的阮氏鸞雖然不像女中豪傑阮氏江那樣提槍攜彈出生入死，但她以一個受過教育的新女性，只為了不忍拂逆父母而勉強嫁給一個平庸的男人，婚後周旋於夫家那群既迷信復愚昧、因愚昧而迷信的親屬之間，受盡欺凌冤屈，未始不可視為阮祥三代阮氏江提出的控訴：無知大眾，才是逼迫一代英雌致死的真兇。

然而阮祥三拒絕讓他筆下的女性像阮氏江那樣，絕望於社會大眾的無知，含恨而歿；阮氏鸞不堪受虐打，在自衛時失手刺死丈夫，被帶上法庭受審。自力文團的另一成員、阮祥三的四弟阮祥龍，筆名黃道，曾在法庭任職書記官，並在《風化》報上發表過一系列以法庭為背景的報導文學，阮祥三可能也從中得益，《斷絕》的庭上辯論一幕寫得極為精彩，透過辯護律師和阮氏鸞的言詞，力陳舊社會的弊端，阮氏鸞勸喻越南女性擺脫舊式大家庭對個人的控制，「爭取獨立自主」，言外之意就更值得玩味了。阮氏鸞終獲無罪釋放，追求新的生活，從此與舊社會斷絕；《斷絕》則一紙風行，新舊之爭也成為一時熱門的話題。一靈、黃道、加上五弟石藍，以及小說家陳慶餘，十年間創作不輟，寫出一本又一本膾炙人口的小說，風靡了好幾個世代的年輕讀者。

范東海要到晚年才因為無聊而開始看阮祥三和其他自力文團成員的著作，因此當阮祥三以小說宗師的身分親自登門拜訪一位有潛質卻無籍籍名的年輕作家，在范東海看來並沒有甚麼了不起，倒是阮祥三向香雪提到的另一個計畫，引起了他的興趣。

那一年，阮祥三似乎已不耐煩以文學開啟民智的緩慢進度，開始減少寫作、而改以更具體的行動來改造社會，他告訴香雪，他正在推行一項重要的工程：籌款建造一系列名為「光明村」的住宅區。照阮祥三的構想，光明村的房屋將採用廉價、輕便的材料，因為成本低、結構簡單，可以大量興建，建成後免費供窮人居住。阮祥三並且把他的追隨者組織成「光明團」，四處籌錢建房子。

「這位阮三先生倒是個有心人。」范東海說。

「他還說，這個星期六會在大劇院演講，介紹光明村的計畫。」香雪說：「瑞安姐說她想去聽聽。東海大哥，你有興趣的話，不妨和她一起去。」

5

范東海和劉瑞安去到河內大劇院，才認出站在台上慷慨陳詞的，正是黨長的舊日同窗阮祥三，他忽然有種直覺：阮祥三這人不會只是一個小說家、或者一個社會運動者那樣簡單了。台上的阮祥三正在侃侃而談：

「……我們安南的房子，十家有九家都是陰暗狹小不宜住人的，而且非常不衛生。有人會問：要改善居住環境，要建房子給窮人住，該建多少才夠呢？

「這問題很有道理，所以我們無意成立另一個慈善機構。把一個因為居住環境不衛生而患病的人醫治好，然後又讓他回到原來的地方，他還是會生病。光做善事是不夠的，要找出導致病痛的根源，才能從根救起。

「做善事固然不錯，但除了做善事，光明團的成立還有另一層意義，就是它的社會性。我們不建造昂貴的水泥房子；本來憑我們籌得的錢，我們可以建一批水泥房子，然後讓一部分窮人來住，但那有什麼用？我們永遠不可能有足夠的錢，建足夠的房子給所有人住。這樣做，只有小部分人得益，分不到房子的人，天天站在新房子外面，羡慕有房子可住的幸運兒，只會更加失望。

「所以我們只造木屋、竹舍，這是國內最常見的材料。只要保持環境清潔明亮，室內布置美觀雅致，就是木屋竹舍也能住得很舒服。住進了光明村的人，就不會再回到那些陰暗狹小不宜住人的地方去了，他們漸漸會明白：雖然窮，但我們仍然有權、也有方法活得比較像樣一點、有尊嚴一點。……」

台下的范東海一邊聽一邊點頭，並且暗暗奇怪：怎麼從來沒聽過這樣的一番言論？這麼多年來，好像大家全心全意只想著怎樣幹革命、趕走外來的殖民者、爭取獨立，卻不大有人討論過革命成功以後要如何？就算有，也只是陳義過高的什麼什麼主義、什麼什麼學說等等，幾曾有像阮祥三這樣，提出一個簡單而又切實可行的方案，去改善民生，直接受益的還是社會上最底層、人口最多、居住環境也最不堪的窮苦大眾？

「這也是革命啊。」范東海喃喃跟自己說，然後就在這一夜加入了光明團，和當時團中活動最不遺餘力的杜廷道成為好朋友。劉瑞安也很活躍，但范東海看得出來：她加入光明團，主要是為了親近杜廷道。

那是一段有意義的日子。最令范東海感到和過去的活動不同的是：從阮祥三的解說之中，他明白他們做的雖然是基層建設的工作，對未來的武裝革命卻會有直接的影響，而這件事卻可以正大光明的去幹，不像過去為革命黨運彈藥、發傳單那樣時時須冒著被逮捕的危險。幹革命而不牽涉到戰鬥、破壞、狙擊，對范東海來說是一個全新的經驗。若說有什麼令他感到不開心的，那就是：香雪告訴他，她要和家人離開河內一段日子。

「是為了我的病，」香雪說：「爸爸希望我到山上去，那裡空氣清新，比較適合養病。」

「山上哪裡呢？」范東海想到的是北部邊境的黃連山山脈，那一帶的崇山峻嶺荒蕪貧瘠，哪裡是甚麼養病的所在：「我能去看你嗎？」

「是中部的城市大勒。爸爸說，中國那邊現在打仗打得很厲害，恐怕日本人早晚也會下來，不如先避到鄉下一陣子，看看情形再說。也許……好長一段時間都不會回來了。」

范東海沒去過大勒，只知道河內和大勒之間有火車來往，但路途並不近，而且局勢這樣動盪不安，誰也說不準甚麼時候會發生什麼事，這一去就不知哪年哪月才能再見面了，范東海的心有點沉沉的，說不出是甚麼感覺。香雪強笑說：「說是這樣說，可誰知道呢，也許局勢一平靜，我就會回來的了，到那時你們的光明村應該也建成了吧？」

光明村如果真能順利建成，將為越南社會帶來怎樣巨大的變化？居住環境改善之後又能否提升民族自尊？對爭取獨立的長遠目標又有甚麼影響？這些問題，永遠都不會有確實的答案；因為阮祥三勾畫的光明遠景固然宏偉，但他選擇的時間卻極不恰當：那正是太平洋戰爭爆發的前夕。「怎樣才算是恰當的時間呢？」阮祥三在很多年後提到這個不成功的社會運動，感慨的說：「在這個國家，從來沒有所謂恰當的時間，讓一個有建設性的計畫好好實施。這也許是一個非常惡性的循環罷？社會動盪導致民生艱苦，民生艱苦又滋生更多社會問題，……我們的民族，就永遠陷在貧窮落後的深淵之中，萬劫不復了。」

光明村的計畫後來因為日軍入侵、時局不穩而不得不半途而廢，阮祥三就在那時與自力文團的朋友，加上現成的一支光明團年輕精銳，成立了「大越民政黨」，打起親日抗法的旗號，想借日本人的勢力來對付法國人，可他這算盤打錯了，民政黨剛成立，法國人已先下手為強，封了「現代出版社」，並且緝捕民政黨的人，罪名也是現成的：自力文團以籌錢建房子為名，私下從事反殖民政府的活動。

6

聖觀街的出版社被關，阮祥三愁眉深鎖，范東海卻不禁心中竊喜。他本已有意勸說阮祥三加入國民黨，只是還沒有找到適當的時機向他提出來，這時出版社被關掉，阮祥三在河內恐怕再難立足了，不趁此時慫恿他與國民黨合作，更待何時？但范東海還在斟酌適當的言詞時，阮祥三已先找上他了。

范東海還是住在段香雪家，但這時屋子裡只剩下他一個人。阮祥三推門進來，范東海幾乎認不出他了：阮祥三平時十分講究衣著，總是西裝筆挺，這時卻穿了一身粗布衫褲，還戴了鄉下人的那種斗笠，范東海馬上明白：阮祥三裝成這個樣子，顯然是要避開四處搜捕他的密探。

「我聽說香雪一家人已經離開河內了，」阮祥三看看空蕩蕩的房子：「看來是真的？」

「是真的。他們去了中部的山城大勒，」范東海說：「也不完全是避難——那還是日本人進城之前的事；他們搬去大勒，主要還是為了香雪……。」

「對，山上空氣好，適合香雪養病。」阮祥三又問：「房子就由你看管嗎？」

「不，香雪有個族叔，替他們看房子。至於我……，我早晚也是要走的。」

「哦？你要上哪兒去？」

「不瞞三先生說，我正有意北上，到中國去。」

阮祥三點點頭：「我現在還有另一件事要辦，可不可以陪我走一趟？」

「去哪裡呢？」

「安阜路。」

河內有個湖叫西湖，安阜路就在湖邊上。范東海也沒問要去見什麼人，但猜得出阮祥三是要他幫忙留意有沒有人跟蹤，到了安阜路，范東海馬上看出來不對勁：有個探子歪在一棵樹下，范東海甚至看得出，探子監視的是一家不起眼的小房子，門前有棵大柳樹，柳枝在暖暖的風中微微飄拂。

阮祥三顯然也看出來了，「別停步，」他頭也不抬，低聲向范東海說：「往前走。」

走出兩三個街口，阮祥三才說：「剛才門前有棵柳樹的，是石藍的家。」

范東海見過石藍一兩次，知道他是阮祥三的弟弟，排行第五，長得清清秀秀的，臉上老是帶著笑容。他不像自立文團其他成員那樣積極投入政治、社會運動，范東海對他的印象反而比其他人來得深刻，因為石藍和香雪一樣，都患有肺病。

「您要是有要緊的話要傳給石藍先生，我可以想辦法的。」范東海說，但阮祥三搖搖頭：「這樣不好，你自己也是革命黨人，不好出面。」

范東海想想也是，一時無計可施，阮祥三說：「反正也不是什麼重要的事，見不到石藍也就算了。」范東海點點頭，兩人正要離開，忽聽背後一人沉聲說：「好個革命分子，四處都在緝拿你，正愁找你不到，不想你自己送上門來！」

范東海大吃一驚，阮祥三卻笑了：「黃家智！老弟，你來得正好，我有事拜託你。」

一個年輕人應聲從阮祥三身後轉出來，瘦瘦的個子，兩眼炯炯有神：「什麼事，一靈兄？和五哥有關的麼？『柳舍』這一陣子被看得很緊。」范東海想：「柳舍」指的應該是石藍的家了。

「也沒什麼，」阮祥三說：「我打算走開一下，避避風頭，這裡有些錢，請你替我帶給老五。」說著將一個信封交給黃家智，又說：「你知道的，老五他身體不好，這個時局，兄弟離散，說不得只好拜託朋友們，就近照應照應了。」

「哪裡的話。」黃家智說：「五哥好客，柳舍向來都是高朋滿座，只是如今形勢不比以前，才冷清了下來。好在我和五哥一樣，沒有政治背景，出入柳舍也不惹眼。一靈兄你不必擔心，我會常來走動走動，探望五哥的。」他頓了頓，又說：「不瞞你說，一靈兄，我也正在找你。」

「哦？有甚麼要緊的事？」

「也不是甚麼要緊事，只是有幾句話憋在心裡，不吐不快。這裡不是個說話的所在，我們另外找個地方好好談談。」

「去東海那兒吧，」阮祥三說：「東海是自己人，他那裡也清靜。」

回到靜悄悄的段家宅子，范東海為阮祥三和黃家智倒了兩杯茶，三個人坐著，黃家智把一杯茶喝光，這才開了口：「一靈兄，你剛才說要走開一陣子避風頭，不知可有個去處？」

「還沒決定。可能不會離開河內太遠，民政黨內部需要保持聯絡，本來現代出版社是我們的總部，現在又被關掉了。」

「那你還是會繼續政治活動，不是回去寫作？」

「現在已經不是寫作的時候了。民政黨成立時，我就跟黃道他們說過：暫時把文學的筆放下來，先寫歷史，回頭再寫小說。」

「說得好。——可是，你打算怎麼寫這段歷史呢？」

「當然是把握時機，完成抗法大業。」

「你所謂的把握時機，就是利用日本人來驅走法國人？」黃家智面色一整：「一靈兄，恕我說句不中聽的話：你這想法錯了。」

阮祥三默然，半晌才說：「日本人和我們同是黃皮膚，社會文化背景相近，和日本人合作有何不妥？請老弟指教。」

「日本人在中國的所為，你總該知道的吧？中國人不也是黃皮膚、文化背景也相近？」

「那是中國人不願意和他們合作，……」

「不服從，就用武力鎮壓，這和法國人對待我們有甚麼不同？」黃家智說：「不錯日本人是沒有對我們怎麼樣，可是他們也沒有對法國人怎麼樣，並沒有把法國人趕出去、把國家的主權歸還給我們越南人。日本人的企圖很明顯，不過是要利用印支半島的資源和戰略地位，作為他們向南洋擴張的跳板而已，眼前越南是他們的軍事基地，才沒有像其他國家那樣受到轟炸，但形勢馬上就要改變了。」

「怎麼說呢？」阮祥三輕輕搖晃著手裡的茶杯，看著一小片茶葉在杯中浮沉無主。

「去年年底日本不是打了美國的珍珠港？」黃家智接過范東海為他倒的另一杯茶，喝了一口，清清喉嚨，接下去說：「這些年歐洲打得天昏地黑，隔了一個大西洋的美國卻一直沒有被波及；現在可好，日本人偏要惹上他們，珍珠港被襲，美國人豈能不還手？你看著吧，美國一參戰，配合英法聯軍反攻，目標不正是我們印支半島這個日本人借用的基地？」

「你是說，我們應該配合盟軍、反過來和法國人一起抗日？」

「我是說，不管親日或抗日，最終的目標都必須是趕走法國人、取得獨立。日本人既然沒有幫助我們獨立的意思，我們就犯不著站到他們那一邊去。」

「越盟也主張抗日，難道要我們投靠越盟不成？」

阮祥三的語氣有點憤慨，范東海明白那是因為他成立民政黨的時候，自力文團七個成員中的三位詩人：吳耀春、胡仲孝、世旅，因為不同意他親日抗法的主張，不但不加入民政黨，反投向以抗日為號召的另一個黨派：越南獨立同盟會，即「越盟」——其實也就是阮愛國的越南共產黨，只不過因應時勢改了名號而已。

這裡還有另一個「其實」：越南國民黨也曾經是越盟的一分子，不過彼越盟非此越盟，那是武鴻卿從龍雲獄中出來之後的事。

彼時越國黨得到中國國民黨的承認，經過一陣休養生息之後，慢慢又恢復了元氣。流亡中國的無黨派革命家阮海臣、胡學覽晤越國黨領袖於南京，建議集合所有海外革命組織，成一聯合同盟，越國黨早有此意，事遂成。一九三四年八月，「越南獨立同盟會」誕生，簡稱越盟。一年之後，越國黨與同盟會中左傾分子意見不合，同盟破裂，國共兩派從此分道揚鑣，越走越遠，終成勢不兩立的死敵。日軍入侵之後，越南共產黨和一些小門小戶的左派政黨合併，並且為了爭取盟軍的支援，不惜放棄共產黨的名稱，又用上「越南獨立同盟會」的稱號，簡稱也是越盟，卻跟越國黨一點關係都沒有了。

「抗日的也不是只有一個越盟。」黃家智說：「聽說越南國民黨在廣西一帶，正要統合所有流亡的革命黨派，然後和中國政府合作抗日、順便也抗法，很多大大小小的革命黨都到那邊去了，你何不也上去一趟，和越國黨的人接洽？民政黨在河內有勢力，又有一批年輕黨員，正是國民黨想爭取的。只是他們很排斥親日的黨派，一靈兄，你要是到廣西去，須得有人從中引介、解釋才行。」

「這一點倒不是問題。」阮祥三笑說：「現成就有這樣一個人在：東海是國民黨員。」

「他？」黃家智詫然瞪著范東海：「他不是你們民政黨的人嗎？」

「東海為光明團出過不少力，卻沒加入民政黨。」

「你幹嗎不早說呢？原來你們已經和國民黨接上頭了，我說了這半天，豈不是多管閒事嗎？」

「不不不，」范東海忙說：「我不錯是想勸三先生和國民黨合作，但還沒想到怎麼開口。黃先生方才這一番話說得正是時候。」

「越國黨真的是要和中國合作抗日？」阮祥三問。

范東海點點頭：「說是和中國合作，其實是我們倚靠中國，要爭取他們提供軍備、資源，才是真的。」

「中國也要靠我們在這邊牽制著日本，」黃家智說：「這是合則兩利的事。」

事情就這麼說定了，阮祥三說：「東海，你剛才不是說正打算到中國去？什麼時候動身？我跟你一道。」

「我隨時都能走。您是一個人上去呢，還是……？」

「就我自己。陳慶餘、黃道、杜廷道他們都有地方藏身，一時不會有什麼危險。」

「三大娘呢？」范東海並不十分熟悉阮祥三的太太，只知道她在河內有一家店，做點批發檳榔什麼的，同時為阮祥三生了一窩孩子，范東海也記不清有多少，總有五六個，說不定七八個。

「她？」阮祥三笑起來，心情似乎也開朗了一點：「她更不會有事了，我現在才發現：她這檳榔店子倒是個安穩的營生，你想：不管誰來統治，西洋人也好，東洋人也罷，我們的老百姓總也不能一天不嚼檳榔，你說是不是？」

「那就是您和我倆一道上去了，」范東海說：「您等我一下，我收拾收拾，一兩天就能動身。」

「至於越國黨領導層那邊，就拜託你了。」

「您放心，武鴻卿他們面前，我知道該怎麼說的了。」

7

二十世紀四十年代，戰火正在全球蔓延的這個時候，中越邊界的形勢是頗為微妙的。日本既控制了越南，隨即向南洋諸國發動攻擊，一方面卻保留法國殖民政府在越南的統治地位，而且為了暫時避免和中國另開新戰場，中越邊境並不見一個日軍，仍由法國人駐守。當北越的革命黨人紛紛逃離淪陷區進入華南時，長期以來勢不兩立的殖民者和革命黨卻因為同仇敵愾而居然有點相濡以沫起來，法軍在邊境守衛甚為鬆懈，革命黨人得以自由出入。

可一旦進入中國，就是另外一回事了。因為這時同一處境的越南的革命黨可真不少，越南民主黨、大越民政黨、大越國社黨、大越為民黨、越南復國同盟會……，名號聽起來都差不多的這些黨派在國內早就搞得法國人頭昏腦脹，一窩蜂進入華南、要求中國國民黨協助他們抗日時又令重慶政府不勝其煩，蔣介石於是透過張發奎傳下話：要麼成立一個統一的政黨，否則休想得到任何援助。「越南革命同盟會」就這樣成立了，簡稱「越革」。眾多黨派中歷史最久、實力最強的越國黨這次學了乖，聲明絕不能讓越盟的人混進越革，親日的政黨當然也被排除在外。當阮祥三化名阮祥勇，跟著范東海進入桂境沒多久，就被中國國民黨和越革懷疑為日本間諜而抓了起來，扣在牢裡。范東海馬上找到武鴻卿，極力為他辯護：

「阮祥勇就是《風化》的阮祥三，不是什麼日本間諜。」

「是與不是，要查清楚了才知道。」武鴻卿一臉的大公無私：「日軍進侵之後，他不是成立了個什麼黨？主張親日抗法的，越南什麼自立黨，有這事罷？」

「還是大越民主黨？」另一個越國黨領袖人物嚴繼祖說。

「不不，你們都弄錯了，自立，不，自力文團是文藝團體，與政治搭不上。阮祥三的政黨叫大越民政黨。」

「就大越民政黨罷，」武鴻卿挖了挖鼻孔，說：「總之他親日抗法就對了。」

「這其實也不能全怪阮祥三的，卿公您想想，我們被洋人欺壓了這麼多年，現在忽然有個同樣是黃面孔黑頭髮的日本人，一來就把洋人踩在腳底下，為我們出了一口烏氣，阮祥三這才以為可以藉日本的力量來趕走法國人。」范東海說：「現在他看清楚了，你想，他畢生心血的報館、出版社都被封了，他對日本人還能有什麼幻想？」

武鴻卿和嚴繼祖對望一眼，范東海又說：「阮祥三在河內有名氣，也有一點勢力，讓他加入同盟會，對革命只有好處。他在河內籌錢為窮人建房子，我有向你們報告過的。」

「我知道。」武鴻卿說：「『光明村』，是這個名字罷？」

范東海大力點頭。嚴繼祖說：「以前親日沒關係，只要他以後和我們齊心抗法抗日就成。同盟會中迷途知返的也不只他一人，最重要的是別讓共產黨混了進來。眼下我們手上還有另一個人，沒人摸得清他的底。……他說他叫——，」他轉頭問武鴻卿：「叫什麼明來著？」

「胡志明。」武鴻卿說：「這名字陌生得緊，你大概也沒聽過。」

「胡？志明？」范東海一怔：「卿公，您這一回可錯了，我離開河內之前，有個人來找我，就提到過胡志明這名字。」

「有這等巧事？找你的是什麼人？」

出現在范東海面前的不速之客有一張和氣生財的圓臉膛，右腮有顆痣，長著一撮毛，一見面就說了些久仰阮氏江姑娘護衛大名之類的廢話。范東海也不多客套，問他是甚麼來路，圓臉膛神色一整：「實不相瞞，兄弟叫丁九，是心心社的人，范鴻泰烈士是我們同志。」

心心社的招牌一打出來，不由得范東海不動容；再加上范鴻泰的名字，連武鴻卿和嚴繼祖都要肅然起敬了。

中國辛亥革命成功後，越南老革命家潘佩珠受到啟迪，成立「越南光復會」，以反殖民、反帝制為宗旨，目標是統一北中南三圻、建立一個民主的越南國，心心社是越南光復會的外圍組織，又名「新越青年團」，在二十年代曾幹下一宗大案子。

一九二四年，法屬安南總督馬蘭到訪廣州，心心社成員范鴻泰在法租界以炸彈襲擊馬蘭，死傷四五人，但主要目標馬蘭僅受輕傷，范鴻泰在追捕之下，無路可逃，投珠江自盡。心心社因此役聲名遠播，然而到潘佩珠被法國人逮捕之後，越南光復會逐漸式微，心心社也隨之風流雲散，已是名存實亡。

自稱為心心社份子的這位圓臉膛丁九，來意再簡單不過：他告訴范東海，有個人化名胡志明，將在近日伺機越境進入中國，不是雲南就是廣西，希望當地的革命黨留意一下，因為這個胡志明的真實身分就是越盟的阮愛國。既然和越盟扯上關係，越國黨更不能等閒視之了。

丁九還告訴范東海：心心社有一位同志在南圻活動，遭阮愛國陷害，向法國人告密，以致身分洩露，和同是革命黨的妻子雙雙下獄，而且在獄中先後死亡。

丁九所說的全是實話，他只不過保留了一些范東海和越國黨不需要知道的細節，比方說：當時許多人還不知道心心社已經被阮愛國吸收過去，成為越南共產黨／越盟的一部分；又比方說，被阮愛國陷害下獄的心心社同志叫黎鴻鋒，他的另一個身分是越南共產黨的總書記，和他同時被捕又死於獄中的妻子，名字是阮氏明開。至於丁九他自己，當然就是曾經到九龍和阮愛國開會、祕密成立共產黨的鄭廷九。

阮愛國、黎鴻鋒和阮氏明開之間的關係有多麼複雜？鄭廷九並不太清楚，但他當年到九龍開會時就看得出來：阮愛國和他的小秘書有點曖昧，不過他沒說甚麼；後來這位小秘書又嫁給了當選為總書記的黎鴻鋒，那是人家的私事，他更不便過問了。直到總書記夫婦倆雙雙被捕，鄭廷九私下推敲一番，這才覺得事情有點不尋常。一般來說，像他們這樣搞革命的，入獄算是家常便飯，有時候甚至是光榮的標記，日後奪得政權、論功行賞，坐過幾次牢、刑期長短都可以作為依據；但既然當上了總書記，行蹤應該不會那麼容易洩漏才對，而且是夫婦倆一起被捕，下獄不久又雙雙死亡，鄭廷九越想越覺得可疑，阮愛國要報復一個變心的女人，他管不著，可黎鴻鋒怎麼說都是總書記，又是心心社的自己人，如今死得不明不白，阮愛國無論如何脫不了嫌疑，只是無憑無據的，鄭廷九也奈何不了他，正好阮愛國要越境進入華南，那是越南國民黨的勢力範圍，鄭廷九就順勢將他往越國黨手裡一送，來個借刀殺人。

「不會是借刀殺人罷？」武鴻卿也不是那樣不精明的一位領袖：「根據我們收到的情報，阮愛國已在中越邊界被守軍擊斃了。」

「那不就結了嗎？」

「越盟向來詭計多端，誰知道情報可不可靠？」嚴繼祖說：「聽說海臣公和阮愛國見過幾次面，我已請他過來認認，到時就清楚了。」

阮海臣此時年邁重聽兼患耳疾，來柳州見到武鴻卿，劈頭就問：「你們怎麼搞的，怎麼會把胡學覽關了起來？」

「胡老？」武鴻卿一時摸不著頭腦：「沒有呀，胡老不是好端端在南京嗎？」

「還是南寧？」嚴繼祖說。

「你不是說抓到了胡志明？」阮海臣皺起眉頭：「志明就是學覽兄的號，誰不知道？」

胡學覽號志明，普天之下只怕沒有幾個人聽過，武鴻卿更是聞所未聞，只好解釋說：「我們是拿住了個胡志明沒錯，不過和胡老無關，我們懷疑他是越盟阮愛國的化名，您老跟阮愛國見過面，所以請您老來認認。」

阮海臣進入囚室時還沒弄清楚武鴻卿的意思，對著叫胡志明的黑瘦個瞇著眼打量了半天，說：「不是他，當然不是他，這傢伙年輕多了。」

武鴻卿當下釋然，卻不及理解：阮海臣口中的「他」，指的是胡學覽。蹲在柳州牢房裡、留著一把稀疏山羊鬍子的黑瘦個當然不是胡學覽：他是阮愛國。胡學覽這一年老病死在南寧，死前完全沒有料到：他那個鮮為人知的號不但令一個共產黨徒死裡逃生，更在幾十年後成為全國最大都市的名字。

8

被釋放出來的阮愛國此後就一直叫胡志明，以獨立革命者的身分加入越革，並且在一年後自願帶領一批年輕的越革幹部及二十萬塊國幣潛回北越發展、宣傳。阮祥三私下吩咐范東海：

「你跟著他回去，留意他的行動。這傢伙我總覺得他有點不妥。」

「您認為他可疑？」

「他的身分全無可疑，所以才更可疑。從他的年紀、談吐來看，應該是從事革命活動多年的人才對，怎麼可能一點背景都沒有？何況在河內也有人向你提過他的名字，這不是有點蹊蹺嗎？我已託河內的同志幫忙調查，但還沒有結果……。」

「所以您要我跟著他？」

「所以我想你挖出他的根，查清他的底，一發現有什麼不對，……」阮祥三以手作刀，凌空做了個砍劈的動作。

即將奉越革名義回國，卻私下發展越盟勢力的胡志明並不知道一度同囚的難友阮祥三已對他生疑，更暗中下了格殺令，但他心下也已視阮祥三為越革陣營中唯一強勁的對手。越革一行二十二人，包括負有特別任務的范東海越境進入高平山區，在山林中過夜的時候，范東海睡夢中醒來，聽到胡志明跟什麼人在低聲交談：

「……武鴻卿庸才耳，可以不必理他。我顧忌的還是大越民政黨的阮祥三，這人有領導能力，尤其在河內很有點名氣。」

「可以爭取過來嗎？」一個范東海不熟悉的聲音說。

「很難，這傢伙太右了。他好像還有意和國民黨合併，取消民政黨的字號。」

「所有黨派不是都已經合併了嗎？」

「你不懂，那只是表面上的，私底下大家都在勾心鬥角，同盟遲早還是要破裂。……我說到哪裡了？」

「阮祥三，國民黨，合併。」

「阮祥三這人，要是爭取不過來，恐怕只好……。」

范東海抹了抹眼角的眼屎，橙黃色的下弦月光下，清楚看見胡志明以手當刀，凌空作了個和阮祥三一模一樣的砍劈手勢。

這只是兩位互為天敵的領導人此後長期對抗的起手式。越南共產黨成立的時候，正是安沛起義的前夕，阮太學沒有來得及認識這個政黨，不能預見共產黨和國民黨此後數十年間糾纏不清的恩怨情仇，也不知道他們後繼的革命志士要面對的大敵，常常不是外國殖民者，而是他們的同胞、朋友、兄弟，這種種或親或疏的關係，有時可以籠統的歸入一個更含糊的稱呼，曰同志。

當胡志明和阮祥三的關係還沒有發展到成為抗法同盟、而僅是柳州囚室中一對難友的時候，阮祥三已見識過這黑瘦個的文學才華。胡志明在一本小記事簿裡很寫了不少漢語詩，其中一首描述囚犯所遭受的不人道對待，是這樣寫的：

照例新來的難友
必須睡在廁坑邊
假如你想好好睡
就要多花幾塊錢

永遠也不可能和胡志明成為同志的阮祥三，讀了這首臭氣沖天的詩，不禁失笑，向黑瘦個說：「你這也叫詩？」

「七言四句，又押韻，怎麼不是詩？」胡志明朝地上吐一口濃痰：「粗鄙是粗鄙一點，不過誰也說不準是不是？也許往後我出了名，這詩人家還會抄下來傳誦呢。」

「還會結集出版罷？」阮祥三翻了翻胡志明的「詩集」，那本小冊子殘舊脫落，封面早已不知去向，第一頁上面有四個大字「獄中日記」，下面有這麼四句：

身體在獄中
精神在獄外
欲成大事業
精神更要大

最下面還有兩行數字，顯然是日期：29.8.1932/10.9.1933，翻開來，每一頁都寫著一兩首詩，一首比一首拙劣，阮祥三輕笑一聲，這傢伙不知從哪裡撿到的這麼一本東西，想是哪個囚犯閒著沒事寫的，最後面幾頁才是胡志明自己的「創作」，包括那首「廁坑」詩，同樣粗糙的字句，同樣歪歪倒倒全無個性的筆跡，因此反而看不出來自不同的作者。但阮祥三和胡志明都不知道：一九三二年八月二十九日到一九三三年九月十日，正是武鴻卿和范東海等五人被法國人關進牢裡的一段時間，第一頁上面那四句，就是范東海和三位同志們的傑作。記事簿的來歷，胡志明是不會向人透露的：在中越邊界等候機會過境的時候，他曾碰上一個患了瘧疾的越國黨員，後來死了，胡志明想從他身上搜到一些有用的身分證明藉以蒙混過關，結果只找到這麼一本手抄詩稿，棄之可惜的便也隨手塞進口袋裡。

「你也別小看了我這詩，」胡志明說：「白話口語，才像勞動人民的口吻呀。」

一個認為詩的定義就是「七言四句、又押韻」的傢伙，你能跟他談什麼意象、鍊字、內在節奏呢？阮祥三只能搖搖頭：「潘魁聽說過吧？」

「潘魁？」胡志明想了想，又捋捋他那稀疏的山羊鬍子，不很肯定的說：「南圻那個，那個什麼《婦女新文》的主編還是什麼的是嗎？」

「你聽過潘魁，就該知道他的那首〈暮情〉，那才叫白話口語，你這算什麼？」

四年後，日本投降，國共兩黨在河內成立抗法聯合政府，兩位獄中難友再也沒有機會談詩論文。

「以後我們就是同志了。」當上聯合政府主席的胡志明笑著向他的對頭們說，跟著親切地擁抱副主席阮海臣、外交部長阮祥三。然而國共兩派的對抗並未因為大家成了同志而稍懈，越盟容許越國黨和其他派系的存在，也只因為顧忌著他們背後的靠山：中國國民黨。聯合政府的壽命和由盧漢帶領的中國軍隊到河內接收的時間一樣短，期間國共雙方人馬在街頭發生的衝突、械鬥無日無之，須由盧漢部隊插手調解。越盟甚至曾包圍現代出版社舊址、當時改為越國黨文宣總部兼黨報《越南》社址的聖觀街八十號，小說家陳慶餘領社中人，連同來河內開文藝會議、借宿於此的老作家潘魁，持槍與屋外的越盟襲擊者作戰。中國軍隊在四六年五、六月撤走之後，越國黨領導人失去了支撐，自知無力與越盟抗衡，也都先後潛逃出國，只剩下零星部隊在北圻與越盟纏鬥。國共最後一次的同志關係至此正式告終。

逃，是越南革命者遇到挫折時恆常出現的一種反應。老一輩的革命家潘周楨主張非暴力革命，被法國人緝捕時遠適日本、范東海、武鴻卿、阮祥三先後逃到中國……。最初，選擇逃亡也許是不得已的，後來卻發展成為一種本能，當行動失敗、計畫受阻、危險降臨，革命者的第一個念頭就是：逃。

在高平山區半夜醒過來發現胡志明真面目的范東海就是這樣，但在他能逃脫之前，胡志明和一個穿殖民地軍服的持槍越南人已截斷了他的去路。

范東海馬上高聲叫問：「胡志明，你想怎地？」他這一吆喝，那邊熟睡中的二十個同志果然被吵醒了，七嘴八舌地問：「怎麼回事？怎麼回事？」一邊向他們這邊走過來。

「怎麼回事，問他吧。」范東海指著胡志明。

胡志明卻不慌不忙，露出一如日後當上聯合政府主席時的親切笑容：「我來介紹，這位是陳世員中校，陳中校身在法軍營，心存大越國，是一位不可多得的同志。」

「你呢？」范東海說：「介紹你自己罷，阮愛國，還是胡志明？」

「那一點都不重要，對不對？」胡志明笑容不減，一邊按下陳世員舉起來的槍口：「你只記得我是為國家爭取獨立自由的一個革命同志就行了。」

「共產黨不是我們的同志。」

「你這樣想就錯了。我們每個人都是決心要趕走法國人的，大家目標一致，又何必分黨分派呢？」胡志明向那二十個同志說：「你們說對不對？」

那二十個人睡眼惺忪，還打著呵欠，但不少人都點頭同意，其中一個甚至攘臂說：「摒除成見，一致抗日抗法！」范東海不能肯定他是被胡志明洗了腦，還是本來就是胡志明的同黨，和他一起唱雙簧。

「說得倒好聽。」范東海冷笑：「既然如此，你要把我們帶到哪裡去？」

「當然是帶到安全的據點，然後訓練、分派任務，這不是組織派我們回來的目的嗎？」胡志明說：「我們的同志深明大義，不會有任何異議，只有阮老三私下派來搞分化、像東海兄弟這樣，才會在這點小事上大做文章，在同志之間造成猜忌，對抗法大業一點幫助都沒有。」

「阮祥三當日本人的走狗，才是革命黨的敵人！」那個唱雙簧的又大聲說。

「你說的是誰呢？」范東海看看陳世員的槍，終於還是忍不住反駁：「改名換姓混入革命同盟會、搞分化、破壞抗法大業的，不正是你自己嗎？」

「這大塊頭囉囉嗦嗦的，不如索性除掉他，乾手淨腳。」穿殖民地軍服的陳世員說。

「不行！」胡志明正色說：「越南人不殺越南人，我們不能傷害自己的同胞。」

「難道就這樣放了他？」

「不錯，東海兄弟，」胡志明向范東海擺擺手：「你可以走了。」

范東海驚疑不定，又看了陳世員那管躍躍欲試的槍口一眼：「阮愛國，你別想要什麼花樣！」

「我哪裡要什麼花樣了？」胡志明說：「希望你回去跟阮祥三傳句話，說我們仍然可以和越國黨合作，齊心抗日抗法，我們甚至會放出消息，說越國黨阮氏江姑娘的護衛范東海已經加入越盟，這樣一來，你就是越盟和越革之間的使者了。」

范東海大吃一驚，剛才吵醒那二十個同志，是讓胡志明在眾目睽睽之下不敢殺他，可想不到胡志明會來這麼一手。國民黨視越盟為死仇，對付叛徒又是向來絕不留情，他想起十年前在昆明因叛黨被處決的倒楣鬼，要是聽說他投靠越盟，越國黨能放過他嗎？阮祥三是絕不會相信越盟的鬼話的，但耳朵軟沒主見的武鴻卿呢？阮祥三怎麼說都是外人，在武鴻卿面前恐怕也不好為他說什麼話，范東海又急又怒，不知所措，只好掉頭就走。

他在黎明前跌跌撞撞走出了高平山區，越想越覺得胡志明這一招好狠，北圻越國黨勢力範圍之內他是不可能再容身了，他想先潛回河內，找到杜廷道，小杜是信得過他的，把事情向小杜講明了，才想辦法和黨部聯絡；但轉念一想，這樣好像也不妥，要是越盟的人盯著他，他豈不是給越盟帶路、暴露了民政黨或者越國黨的據點？萬一兩黨同志因此而有甚麼閃失，越盟必定把這「功勞」記在他范東海的帳上，更落實了他叛黨的罪名，令他百口莫辯了。

范東海越想越慌，最後沒奈何只好決定先到中圻去，離開了國共雙方的主要戰場之後，才慢慢寫信給杜廷道和阮祥三說明原委。當天下午，范東海買了車票，乘火車南下，目的地是山城大勒，年輕小說家段香雪養病的地方。這是一個錯誤的決定，它會使越南國民黨日後在一個叫河江戰區的軍事根據地蒙受重大損失，也令范東海直到垂老之年仍然因之愧疚不安。

9

一九四五年，日本投降，越盟在河內乘亂奪得政權，宣布成立越南民主共和國。越國黨鞭長莫及，痛失良機，只好鞏固力量，並且把勢力範圍所及的北中兩圻劃為七個戰區，準備和越盟長期對抗。河江省屬於第三戰區，這一區還涵蓋了永安、安沛、越持等省份，也就是從中越邊界到河內的一大片區域，河江省就在邊界上，是少數民族聚居的山區，雖然貧瘠，卻相當險要。日本投降之後，國共雙方就在幾個戰區寸土必爭，第三戰區的戰況也十分激烈，杜廷道那時在永安省管理青年團，和越國黨一起力抗越盟，連場激戰之後，穩住了永安省，令在華南的越國黨部隊能順利挺進河內。杜廷道也因此擢升為第三戰區司令。

區內局勢既定，杜廷道並沒閒著，隨即奉阮祥三的密旨，獨自南下山城大勒，找到在市場上賣菜的范東海。一見面，杜廷道就說：「我現在也是國民黨員了。」他的意思是：大越民政黨終於與越南國民黨合併了。范東海聞言卻臉色驟變，向後退了兩步。

在胡志明與陳世員槍口下逃出高平山區的范東海，逕奔大勒投靠香雪一家以來，可以說無時不記掛著胡志明說過的、散播他投靠越盟的謠言，也無時不在揣測國民黨聽信這則謠言之後可能採取的行動，雖然他已一再寫信到河內給杜廷道，解釋自己不得不離開河內的苦衷，但太平洋戰爭爆發之後，局勢急轉直下，一如黃家智所憂慮的，盟軍果然向被日軍佔據的越南發動空襲，目標主要是北圻，而其慘烈的程度更遠遠超過了黃家智的想像。北圻在盟軍猛烈轟炸之下，糧食短缺的情況本來就相當嚴重，加上日軍囤積白米作為軍糧，另一方面南部大米如常豐收，但水路交通被截斷，無法運上北方，魚米之鄉的越南竟爾出現近代史上罕見的大饑荒，兩年之內就餓死了二百萬人。

在這種情況下，范東海已不指望他的信還能寄到杜廷道的手中。因此當杜廷道突如其來出現在他面前，又聲稱自己是國民黨員時，范東海不能不擔心：昔日的光明團兄弟，說不定就是來取他性命的殺手了。

但杜廷道隨即舉起兩手，掌心朝向范東海，彷彿要他稍安勿躁，又像表示自己手中並沒有致命的武器：「我們已聽到你投向越盟的消息，是三先生極力為你開脫，黨部才同意先查清楚。三先生說，你不該就這樣走掉的，他要你盯著阮愛國，自然就能保證你的安全，你一走了之，反而更難讓人相信你是清白的。」杜廷道吞了一口口水：「武鴻卿著人四處查探你的下落，但都沒有頭緒……。」

「那你怎麼會找到這兒來呢？」

「三先生知道阮愛國那廝——現在叫胡志明了；三先生知道他不敢取你性命，所以你投靠越盟的消息一定是他們放出來的，想借我們自己人的手把你除去；武鴻卿他們找你不著，可能是胡志明將這個假情報先告訴你，把你嚇得躲了起來。三先生和我兩下裡一推敲，就猜到了你會跑到這兒來。現在局勢平定了，你只要跑一趟北圻，跟黨部武鴻卿他們交代一聲，就沒事了。……怎麼樣？和我一道回北圻罷？」

范東海吐出一口氣，幾年來的提心吊膽終於煙消雲散，他說：「三先生這樣對我，我很感激，只是廷道，我對你說，我在山上這兩三年，人也懶了，而且日本人既然已經投降，國民黨早晚回河內掌政，諒那胡志明也難有什麼作為。國家大事有三先生那樣能幹的人去操心，我想我就躲個懶，在這山上賣賣菜算了。」

「你真這麼想？」杜廷道說：「日本人雖然走了，我們要做的事才多呢，首先法國人不會那麼容易就放手，再說，胡志明也是個難纏傢伙，國家這才是需要用人的時候，你怎能就這樣丟下不管？」

「老實說，廷道，我真的不能就走開，至少不是現在。你知道香雪她……。」

「香雪怎麼樣？她的病，莫非……？」

「恐怕不樂觀。」

杜廷道沉默下來。范東海勉強笑笑，說：「所以只好拜託你向三先生說一聲，就說東海先請個罪，待此間私事一了，再為國家效命。」

「也只好這樣了。好罷，我回覆三先生就是。他也有託我問候香雪的。——三先生有位兄弟，也是寫文章的，筆名叫石藍，你記得嗎？」

「石藍？我知道。怎麼了？」

杜廷道也是因為香雪的病而想到石藍，一時衝口而出，立刻又發覺不妥，支吾半晌，才說：「石藍他，他不是也有肺病嗎，……死了，死了也有好些年了，就是三先生和你離開河內之後不久的事。」

「石藍死了？」范東海怔怔地，想起石藍那張清秀、老是帶著笑容的臉，想起離開河內之前，阮祥三去找他，卻因為密探監視而不得一見，……他不敢再想下去：「三先生呢？他現在人在哪裡？」

「大概已回到河內了。」杜廷道見他岔開話題，鬆了一口氣，忙答：「這兩個月他都忙著說服黨部，收編一個殖民地軍官和他的部下。黨部本來不肯的，說是信這人不過，三先生堅持他人多槍也多，講得唇都破了，黨部才點了頭。」

「到底是什麼人，這麼有來頭？」

「是一個中校，我們收編之後升了上校，名字叫陳世員，眼下駐在河江戰區。」

范東海一把抓住杜廷道的手臂：「什麼名字？你再說一遍？」

「陳世員。不是有什麼……？」

「聽著，廷道，」范東海打斷他：「你立刻拍個電報給黨部或者三先生，請他們馬上扣住這個陳世員，馬上！」

范東海和杜廷道上郵政局拍了電報，隨即乘搭下一班火車趕赴河內。范東海沒再提起臥病的香雪，一路上不停自怨自艾，杜廷道總算從他零碎的言辭間拼湊出陳世員和越盟暗中勾結的來龍去脈，對他說：「三先生也懷疑過：胡志明既然不敢殺你，卻能讓你回不了廣西，恐怕是你掌握了什麼重要的情報，胡志明才不想你和我們接觸。所以三先生囑咐我，一有機會就盡快下來找你。」他不說還好，這樣一說，更加深了范東海的內疚，杜廷道只好反過來安慰他：「也許姓陳的還來不及有什麼行動」，「也許三先生已經看出他的詭計了」，「也許只是同名同姓，這個陳世員不是那個陳世員」，……但等他們到達河內，奔赴聖觀街八十號，——這裡原是阮祥三的「現代出版社」，如今則是越國黨的文宣部，——只見阮祥三獨自坐在以前他當編輯時常坐的書桌前，面沉如水，手中握著的，正是大勒來的電報。范東海一看阮祥三的臉色，一顆心馬上沉到了底，雙膝發軟，噗地跪倒地上。

「剛剛接到消息，河江戰區失陷了。陳世員率部下叛變，我們的同志五百多人，被捕的被捕，犧牲的犧牲，鄭廷良、黃國政、武光品，……恐怕都兇多吉少了。我也是剛剛才從那邊回來的，要是多留幾天，豈不是……？」阮祥三咬著牙說，邊拿過一張紙，用鉛筆塗畫了一會，然後遞給范東海：「東海，你認認，是不是這人？」

美術系出身的阮祥三，那幾筆素瞄準確地捕捉到了叛將陳世員的陰騖。范東海雖然只在月光下見過陳世員一面，也用不著看第二眼就能肯定：「是他沒錯。」

「廷道，」阮祥三說：「傳令下去，要狙殺組搜查此人下落，一有發現，格殺勿論。」

一個星期之後，陳世員被越國黨的狙擊手槍殺於河內市中心，范東海的悔疚之感卻不因此而稍減。雖然他南下大勒並非叛黨，此一行為卻的確起因於對黨的信任不足，其結果則是間接令河江戰區全軍覆沒。終其一生，范東海都無法原諒自己「輕信共產黨的話」而犯下的此一大錯，直到幾十年後，還會因為訪問他的女記者所說的一句無心之言而怫然不樂。

10

河江戰區事件之後，阮祥三不單沒有受到黨內同志的責難，聲望反而大升；沒有人批評他收編陳世員的失策，卻都稱許他與越盟對抗的強烈鬥志，相比之下，武鴻卿就未免顯得畏首畏尾、優柔寡斷了。也許因為這樣，當胡志明在多方壓力之下，不得不宣布與其他黨派合作，組成抗法聯合政府的時候，代表越國黨進入聯合政府內閣的，不是武鴻卿，而是阮祥三。這時的阮祥三已經是越國黨的領導人之一，關於他的真正職銜卻有不同的說法：有人說是黨主席，有人說是秘書長。之所以有分歧，原因可能是越國黨已不再以黨長為最高領導人，而行集體領導制，黨內的決策團包括阮祥三、武鴻卿、嚴繼祖等五六人，其中又以阮祥三聲望最高，得到越國黨大部分黨員的擁戴，直到他死後仍歷久不衰。

阮祥三在聯合政府出任外交部長，可是當聯合政府與法國簽署臨時協議時，代表越國黨在協議上簽字的卻是任抗戰委員會副主席的武鴻卿。一九四六年三月六日簽署的這份協議，可以說是嚴重違反了聯合政府的宗旨，因為它容許法國人重返北越、取代日本投降之後就駐守在當地的中國軍隊，法國則承認北越自治，是法聯邦的一個成員，雙方並同意盡快定出談判日期，決定南越的管治權。

阮祥三沒在「三六協議」上簽字，因為沒人能找到他。他一直躲在范東海的住所，也就是段香雪舊時的房子，直到消息傳出，武鴻卿在協議上簽了字，他才和越國黨首腦關起門商議了兩天，然後對范東海說：「今天晚上你和我出去一下。」「上哪去？」「去見皇帝。」

越南的最後一個皇帝名叫阮福永瑞，年號保大，這時已被廢黜，順化皇城阮氏王朝的國旗也已收了下來。阮朝的國旗是黃底上面一個離卦的圖形，大概取其南方屬火的意思。越南長期受中國的影響，潛意識裡也就奉中國為中心，自居南國。公元十一世紀初，中國宋軍來犯，李朝大將李常傑引兵退之，這只是中越兩國幾千年來無數大小戰役的其中一場，值得一提的是李常傑在抗宋勝利後所寫的一首詩〈南國山河〉，宣示主權不容侵犯，被後之越南人視為祖先輩的獨立宣言：

南國山河南帝居
截然定分在天書
如何逆虜來侵犯
汝等行看受敗虛

比較正式的獨立宣言出現在將近一千年後，一九四五年八月，越盟趁日軍投降、盟軍還沒來接收的空隙，兵不血刃奪得政權，胡志明在河內巴亭廣場宣布越南獨立，順化朝廷的末代皇帝保大被迫下詔退位，成為庶民阮福永瑞，好事者便傳出一種說法：阮朝的國旗根本就是一個凶兆：離卦的卦象是兩根長槓中間夾著兩根短槓，看上去不正是漢字的「王」去掉了脊椎骨嗎？抽掉了脊骨的王，還能有什麼作為呢？

如果不退位，一九四六年就是保大二十一年。胡志明奪權後，安排廢帝保大在革命政府中擔任最高顧問，聯合政府成立後他的地位不變，但也沒什麼重要：所謂的最高顧問，不過是一個空銜罷了。

保大見阮祥三夤夜到訪，也有點不知所措：「阮部長不知有何貴幹？」

「特來通知先生，明日先生就率團赴中國作友好訪問。」

「這樣匆促？不是還在等中國政府的正式邀請嗎？」

「等不及了。」阮祥三說：「法軍這一兩天就進城，中國軍隊早晚要撤退，胡志明看來有意利用法國人來鞏固勢力，對付我們。先生留在此地，恐怕有危險。」

「這到底是怎麼回事？」保大忿然說：「我好歹是個最高顧問罷？胡志明和法國人簽的協議，我一點都不知道，還有，武鴻卿根本不是內閣成員，怎麼能代表政府簽字？胡志明讓法國人入城也罷了，我沒想到你們國民黨也和他……。」

范東海向廢帝投過一瞥。知道了又能怎樣呢？保大這時才三十出頭，個子不高，橢圓形的臉沒什麼輪廓，長相也很普通，要是在幾個月前，范東海還必須向他下跪磕頭、三呼萬歲，哪能這樣對面平視？但如今脫下龍袍、換上西裝，他也只是一個對當前急遽變化的時局束手無策的平民而已，儘管言談間還是改不了做皇帝的架子。知道了又能怎樣呢？兩年前北越大饑荒，他不知道嗎？當時北方有兩百萬同胞餓死，南部的米卻多得吃不完，順化朝廷又做了什麼？「不能全怪武鴻卿，」阮祥三說：「簽不簽那個條約，法國人還是會來的，他們和中國已經私下說好了。胡志明的意圖很明顯：中國一撤軍，越南國民黨就失去了依靠，我看出了這一點，所以躲了起來，叫他們找我不到，讓胡志明一個人擔起引狼入室的罵名，想不到他們還是找武鴻卿簽了字，到底把我們拖了下水。」

「中國政府又是存的甚麼心呢？」保大說：「竟然把我們交還給法國？」

「中國政府，……」阮祥三長嘆一聲：「也許法國人應諾給他們什麼好處吧？當初來接收的要是張發奎，情況大概還不至於這樣不可收拾……。」

一說起來接收的中國軍隊，阮祥三就氣得胃痛。越國黨人也是後來才聽說：蔣介石要趁機會收拾雲南省主席龍雲，因此留住了和越國黨有私交的張發奎，另派雲南王的部下盧漢來河內，那批破破爛爛連鞋子都沒有的軍隊從諒山一路下來，看得沿途的越南人目瞪口呆。——其中的老弱殘兵有不少後來死在越南，遺下來的無名屍首又令河內亂糟糟的政局更加不可收拾，則是誰都沒有想到的事了。卻說盧漢才到河內，就聽到龍雲失勢的消息，更無心理事，任由部下在北越大事搜刮，引起民憤，這一來正中胡志明下懷，順水推舟又送上一套純金打造的煙具，盧漢一歡喜，就把從日軍手中繳得的槍械悉數交給了越盟，不管那本來是張發奎應諾要交給越國黨的。

「明天嚴繼祖會伴送先生到昆明，」阮祥三說：「然後轉機去南京。先生在那邊一段時間，看看局勢變化，再作打算。」

「你的意思是說，要我流亡外國？」保大的臉色馬上變得灰白，但他也明白，形勢已不容許他作主了。

第二天，廢帝保大倉皇動身往中國，直至抗法戰爭末期才有機會回來。到了五月，中國軍隊劫收得差不多了，開始陸續撤退回國。阮祥三卻對范東海說：「我得到大勒走一趟。香雪不是在那裡嗎？今次總算有機會去看她了。你也有好些日子沒回去了，不如跟我一道上去，你在那裡住過，也好替我帶路。」

「好端端的為什麼要去大勒呢？」

「還不是因為胡志明和法國人簽的那個協議嗎，現在要開會討論南圻管治權的細節。協議我可以不簽，這會卻不能不開，到底這是我們國家獨立之後的第一次外交會議，總不能在這個節骨眼上鬧窩裡反，貽笑國際。」

11

這也是阮祥三第一次來大勒。大勒市位於越南中部偏南，海拔一千五百多公尺的林同高原上，長年溫度不超過攝氏二十度，被法國人開發成為一個度假區。二次大戰期間，無法回國的法國人受不了熱帶的氣候，都會住到山上，因此大勒也就順理成章地成為聯合政府與法國人談判的地點。

山城涼風習習，空氣清新，彷彿片塵不染的仙境。「若是天下太平，這倒是個遁世隱居的大好去處。」阮祥三嘆了一口氣，像是自言自語，又像是問范東海：「只是，……什麼時候才能有真正的和平呢？」

范東海無言以對，同樣的問題也沉沉地壓在他的心頭。法國人說是說尊重越南人獨立的意願，同意談判，尋求解決南越紛爭的途徑，一方面又在南圻積極備戰，隨時準備揮軍北上。全球性的大戰好不容易才結束，未熄的戰火餘燼眼看又將在這半島上復燃了。和平，和平在哪裡呢？……

大勒市內有一個人工挖掘的湖，法國人叫它「大湖」。會議與會議之間的空檔，范東海帶阮祥三去到湖畔探訪段香雪。香雪的房子正對著大湖，湖水一平如鏡，對面山坡上有一兩對情侶牽手漫步，籠罩南北兩地的戰雲和火藥味飄不上中部的高原。

「前幾天聽到外面不知什麼人在吹笛子，」香雪看著窗外：「老師以前不就有一管長笛？就是那種聲音。聽著聽著，就想起河內的日子，想起報社裡的朋友……。」

「那管笛子我沒帶在身上，」阮祥三說：「不然倒可以吹一曲給你聽。大湖景色這樣優美，正宜有笛聲陪襯。」

「大湖是夠美麗了。」香雪說：「可我總是覺得它比不上我們河內的還劍湖。」

「那大概是你想家的關係。——不過大湖的確是嬌柔了一點，不如還劍湖有歷史感。……還劍湖的傳說，你們都知道的？」

那是中越兩國之間的另一場戰爭，朝代換成了中國的明朝、越南的黎朝，那時的還劍湖卻不叫還劍湖，叫綠水湖。相傳黎朝開國君王黎太祖黎利在力抗明軍之際，綠水湖忽有巨龜出現，贈以寶劍一口，黎利持此劍衝鋒陷陣，卒能克敵制勝。事後黎利再遊綠水湖，巨龜復現身，啣去寶劍，沉入湖底不見。綠水湖也就因為這一段還劍奇情錄而改了名，成為今天的還劍湖。

「那次已經是巨龜第二次送武器給我們的皇帝對抗敵軍了。」阮祥三說：「誰記得第一次是什麼時候？」

「我知道，」香雪搶著回答：「安陽王，他得到巨龜贈送的神弓箭，打退中國……是漢朝吧？打退了漢朝的趙佗。然後趙佗假意議和，使兒子迎娶安陽王的公主，哄公主借出神弓箭觀賞，暗中以假弓箭掉了包。趙佗得了神兵，再無顧忌，毀約興兵，兩軍再度對壘時，安陽王的假弓箭沒有神力，我軍大敗，安陽王帶著公主逃亡，巨龜又出現，告訴他公主幫助敵軍偷去弓箭的事，安陽王便拔劍把公主殺了。」

「正是。」阮祥三說：「這兩則神話相隔好幾百年，故事的內容卻差不多，我以前一直覺得：我們的祖先未免太缺乏想像力了，後來才想到，傳說情節相似不是偶然的，一定是那隻巨龜和我們有什麼淵源，所以才一次又一次的發明新武器，在危急關頭幫我們退敵。」

「巨龜和我們有什麼淵源呢？」香雪問。

「那就得追溯到洛龍君了。」阮祥三啜了一口香雪母親端上來的咖啡。洛龍君的神話更是每個越南人都耳熟能詳的了：龍族出身的洛龍君，與妻子仙女歐姬，產下了一隻巨蛋，孵出一百個小男孩。這一百個男孩後來一半隨洛龍君回到海裡，另一半隨仙母上山，只留下一人治理天下，叫雄王，就是越南人的始祖，越南人也因此以「龍子」自居。越南古稱百越，也許源自這個百子的典故。

阮祥三這一天的談興甚濃，娓娓為他們說下去：「中國的神話中也有幾個關於巨龜的，像是女媧煉石補天，斬巨龜的腳把倒塌的天撐起來啦、又像天帝派遣巨龜負起海上的仙山，免得這幾座山飄浮不定啦、……但我最感興趣的是這一個：相傳大禹治水時，在一個叫洛水的地方，得到神龜獻上洛書。如果我猜得不錯的話，這位洛水神龜和我們的洛龍君一定很有關係。」

「是因為那個洛字的緣故嗎？」香雪說：「我一直覺得，這洛字有點蹊蹺，說它是姓嗎，又好像沒聽過有人姓洛的，至少我們越南人沒這個姓。」

「可是，」范東海終於插得上嘴了：「洛龍君是龍，神龜是龜，能有什麼關係呢？」

「中國神話中，還有一個龍生九子的傳說，你們大概沒聽過。」范東海和香雪都搖搖頭，阮祥三說：「根據這個傳說，『龍生九子不成龍』，每個的樣子都有點特別，而且個性也大不相同，有的長得像獅子、有的長得像狗、有的正直、有的兇殘、有的貪吃，……」

香雪笑著說：「莫非也有一隻長得像龜的？」

「答對了。牠的名字叫贔屭。你們想，洛龍君一胎產下百子，不正符合海龜的特性嗎？不只洛龍君，先前所說那些個被女媧砍腳的、背負仙山的，都不是龜，而是龍族裡面長得像龜的一支而已。」

那樣的話，龍族的這一支也未免太辛苦了一點，范東海想：又是撐著天、又是馱著仙山……。香雪說：「哎呀，依您這樣說，我們是洛水神龜的後裔，洛水神龜所獻的洛書卻是中國文明的起源，那豈不是說，越南反而成了中國文化的根源了嗎？」

「所以啊，」阮祥三苦笑：「這些話茶餘飯後說說沒什麼，如果正式提出來，是要引起軒然大波的，中國人對自己的文化又是那樣自負，我豈不是要被他們罵慘了？」

香雪說：「不管怎麼樣，加添了這些傳說，還劍湖的歷史感就更深厚了，日後再見到還劍湖，……」她忽然猛烈地咳嗽起來，咳完後勉強地笑笑：「只不知還有沒有那個機會了。」

「別說那些喪氣的話，」阮祥三只能安慰她：「好好休養，你會好起來的。越南文壇還需要你的作品。」范東海覺得似乎在什麼地方聽他說過同樣的話，然後他猛然想起：那是十五年前，土桑村口江姑娘的墓前，阮祥三以同樣無可奈何的語氣婉惜過阮氏江的早逝。他沒有機會攔住江姑娘按下扳機的手指，也不能留住長期受肺病折磨的段香雪，正如他無法改變大勒會議的結果，——會議根本沒有結果，儘管越南代表團在外交部長阮祥三的領導下表現得不卑不亢，阮祥三自己又是學識淵博、應對得體，大勒會議仍然是失敗了。日本投降後，越盟雖在河內奪得政權，但南圻卻被英軍接收，然後交還給盟友法國，讓其部署準備重返印支半島。手中握著南圻，法國人又焉肯讓步？一場大戰已迫在眉睫，大家都明白，談判只是拖延的手段，破裂則是必然的收場。「事無可為了。」阮祥三對范東海說：「你還是留在大勒照顧香雪罷。依我看，越盟勢大，國民黨遲早要撤出河內，化整為零，這一仗可不容易打，你不如留下來，等到……。」

等到什麼，他沒說，范東海也明白了：「您的意思我懂，可我不相信局面就糟到那個地步。我先隨您回河內，萬一真如您所說，河內守不住了，我再回來也不遲。——不瞞您說，自從河江戰區那件事之後，我一直心裡不安，要我什麼都不幹，窩在山上，我會瘋掉的。」

「勝敗兵家常事，河江戰區之役，你不必耿耿於懷。」阮祥三顯然也能了解范東海意欲為革命大業流血的心情，沉吟半晌，說：「我就給你個差事吧：有位前輩，叫潘魁，要到河內開文藝會議，你好好保護著，別讓越盟傷了他。」

12

大勒會議之後，阮祥三與其他越國黨領袖明白到失去了中國國民黨的支持，命運堪憂，都先後逃往中國，阮祥三甚至順手在國庫中提走了兩百萬塊錢，給留在北圻作戰的國軍購買軍火。「這不算捲款潛逃，」范東海日後為阮祥三辯解：「充其量不過報復越盟的舊仇罷了。胡志明當年可是拿了革命同盟會的錢給越盟花的。」聯合政府至此名存實亡，但雙方正式決裂則是因為溫如侯事件。

溫如侯是河內的一條小街，出事當晚，范東海和他受命保護的老作家潘魁都在離溫如侯半個河內市之外的聖觀街八十號越國黨文宣部。正如阮祥三所言，潘魁是來河內準備開第一屆全國文藝會議的。大敵當前、戰雲密布的關頭還開什麼勞什子的文藝會議？范東海嘀咕著，但他並沒多問，盡忠職守地跟在潘魁身邊。潘魁則差不多每天晚上都和自力文團的陳慶餘喝酒，邊談論政局、臧否時人。

「阮老三離開河內，未嘗不是明智之舉。」潘魁說：「反正留在聯合政府，處處受越盟制肘，什麼都做不了，倒不如退守北部，讓越盟去對付法國人。越盟要是和法國正面開戰，吃虧的是他們自己，那時不怕他們不反過來向我們求助。」

「如果我們和法國聯手，先除了越盟呢？」陳慶餘說。

「沒那個必要。」潘魁搖頭：「法國控制了南圻，這是既成的事實，再以全力攻打北圻，胡志明和越盟能撐多久？依我看，共產黨不足為患，我們還是想想日後怎麼和法國人談判、怎麼爭取國際的支持好了。」

「聽說法國人正在南圻培植一個新政權，」陳慶餘說：「法國人要找一個能和胡志明抗衡的人來帶領南圻政府，老三是最恰當的人選，將來消滅越盟之後也有機會繼續爭取獨立。只是老三未必肯全聽法國人的話。」

「法國人要找一個聽話的，」潘魁說：「很可能又把我們的皇帝找回來。」

「保大？」

「前朝皇帝不只他一人，別忘了，還有那些被法國人廢黜、流放的……。」

「流放到阿爾及利亞的咸宜皇帝早兩年死了，」陳慶餘扳著指頭：「還有就是流放到留尼旺的成泰和維新父子兩代，維新前不久也在中非飛機失事，難道他們想起用成泰皇帝？……」

「成泰和保大的號召力都不夠，目前最有可能出掌南圻的，不管叫主席、總統還是什麼，是一個叫吳廷琰的，聽說過嗎？」

「知道。他在順化朝廷做過一任吏部尚書，好像也不是很聽話嘛，所以後來才掛官求去。……」

「我看這人野心不小，」潘魁說：「即使法國人捧出保大或者成泰來組織政府，姓吳的仍然可能伺機取而代之。」

「組織新政府，老三是最適當的人選。」陳慶餘結論。

「我還是懷念你們的小說。——只怕有好長一段時間都不能讀到你們的作品了。」

「先寫歷史，回頭再寫小說。」陳慶餘說：「這是當年我們組民政黨時，老三說的：現在寫歷史要緊，小說只好等一等了。」

「你們自力文團，小說寫得最好的還是石藍，比你、比老三都好，我直話直說，你別見怪。」

「石藍的短篇小說是好，我和老三都有同感。可能因為他不像我們幾個，又寫作又組政黨，心有旁騖，他因為有病，反而能專心一致的寫小說，他的作品藝術性也較我們高，沒有我們主題太強的那些毛病。」陳慶餘嘆口氣：「可惜天不假年啊⋯⋯。」

「他過世也有好幾年了吧？」

「四年了，真快。」

「是肺病，聽說？」

陳慶餘喝一口酒，悶悶的說：「這病真是二十世紀一個兇殘的殺手啊，我們社裡另外一位年輕作家也是患肺病好多年了，去了鄉下休養，也不知有沒有好一點？」

陳慶餘提到香雪，一旁的范東海心中便隱隱的抽動一下，神思略略有些恍惚起來。當阮祥三要他留在大勒的時候，他滿心想著的只是河江戰區死難的同志、是北方的緊張局勢，急不及待的要回來和大夥同生死共患難，一旦到了河內，他卻又無時無刻不想著香雪，想她說過的話、她笑的樣子、她坐在窗前寫作時的凝神深思，……什麼時候才能再見到她呢？范東海想：不如等這什麼文藝會議開完後，送走了潘魁，他的任務完成，就趕緊回大勒，陪著香雪，再也不離開。——只不知還能陪她多少日子了。……

正在胡思亂想，忽聽腳步聲響處，一人排闥而入，來者年約三十，身材瘦削，范東海看著只覺得十分眼熟，卻叫不出他的名字。來人進門後，二話不說，便朝潘魁行禮：「晚輩黃家智，見過魁老。」范東海這才恍然：是那年他和阮祥三離開河內之前，在石藍家附近碰見的那位黃家智。

「黃家智？」潘魁乜斜著眼，打量了他半晌：「這名字我在哪裡聽過的。……自力文團幾個人我都認得，好像沒有你？你也寫小說？」黃家智說：「晚輩不會寫小說。」

陳慶餘一旁插嘴：「家智在我們這裡出版過一本詩集，精通漢語，曾經和象徵派詩人黎達、陳寅他們成立過一個詩社，……」

「黎達、陳寅？」潘魁打斷他：「他們不是越盟那邊的麼？」

范東海一聽這話，不禁暗暗替黃家智擔心。幾天的相處下來，他知道潘老爺子嫉越盟如仇，他的兄弟、姪兒都是越盟的人，並且請潘魁在他們家中落腳，但老作家寧可在聖觀街八十號睡地板，也不願和他們打交道，范東海這才明白阮祥三臨行前叮囑「別讓越盟傷了他」的原因。這位黃家智卻去和越盟的人組團結社，豈不要招直性子的潘魁一頓教訓？

黃家智卻淡然一笑，說：「晚輩結交朋友，只問那人是否值得結交，從來不問他的出身背景，是越革還是越盟。」

「說的好，說的好！」潘魁撚髯大笑：「黃老弟胸襟非凡，是老夫失言了！」

黎達、陳寅是怎樣的人？又有何值得結交之處？這要等到好些年之後，潘魁對黃家智的這幾位朋友才有更深一層的認識。而在黃家智來訪的這個晚上，黎達、陳寅都只是一兩個模糊的名字，若非溫如侯事件，潘魁可能永遠都無緣和他們論交。

「家智還是有名的畫家，」陳慶餘又說：「我們雜誌的插圖、叢書的封面，多半都是他的手筆。」

「這就對了！」潘魁一拍大腿：「難怪名字聽著耳熟。那年有一幅插圖，『非洲土著除夕夜舞會』，是你畫的吧？整個圖就是一團黑，什麼都看不見。大年三十晚上是沒有月亮的，非洲土人又是黑皮膚，這也罷了，偏偏還要煞有介事的說明他們在跳舞，這才叫人絕倒。」

「標題還不能犯了一個黑字。」陳慶餘補充。

「畫著玩的，」黃家智嘿嘿兩聲：「倒叫魁老見笑了。」

「藝術創作，本來就是好玩嗎，」潘魁說：「你畫畫、我們寫小說，為什麼？就是兩個字：好玩！慶餘、祥三他們一定同意，對不對？」

陳慶餘還沒來得及回答，黃家智已搶著說：「外面發生的事卻一點兒也不好玩了，魁老。越盟剛剛抓了我們一批人，你們還不知道？」

被抓去的是溫如侯街九號的越國黨員。這是一座古舊的大宅院，原主人大概幾年前逃難去了，房子乏人打理，因而荒廢下來，盧漢的破爛部隊一部分曾駐紮在這裡，有老弱殘兵水土不服死掉的，屍首就埋在後院。盧漢撤走之後，溫如侯街九號交還給越國黨，這天晚上，越盟忽然派兵圍起溫如侯街，聲稱接到消息，九號民房有人謀財害命，隨即把屋內的越國黨人抓去。聽了黃家智的報告，報社上下都不知如何是好，越盟也沒讓他們想出對策，第二天就迅速把案子審結，證人的供詞加上後院挖出來的無名中國士兵屍首，溫如侯街九號被捕的人全被判處死刑，越國黨的惡行被公諸於世，越盟至此乃可以名正言順的發出命令，向全北圻的越國黨據點發動攻擊。

越盟這一招令越國黨措手不及，聖觀街八十號更是一片慌亂。「情況不妙了，」黃家智向陳慶餘說：「沒想到胡志明會使出這種卑汙的手段。」

「胡志明眼下不在國內。」潘魁搖著頭說：「他去了法國開會，一切大小事務都交給了抗戰委員會的那個主席，武元甲。」

「武元甲？」陳慶餘說：「我聽老三說，這人是個狠角色，今次的事件若是他一手策畫的，就麻煩了。」

「還用說麼？」黃家智說：「越盟這會兒是明擺著是要跟我們撕破臉了，慶餘大哥，我看你不如叫大夥分散逃生去罷！」

「我想也不能不走了。……」陳慶餘說：「老弟你不是黨員，最好先離開，免受池魚之災。你可有個去處？」

「大哥不必掛心，我一個人，還不容易？往太平的地方走罷，……只是這年頭，哪裡才有太平呢？」黃家智長嘆一聲，朗吟道：「年年松菊青衫濕，處處煙塵白骨枯。大哥，魁老，後會有期了。」

黃家智走後，陳慶餘等人也打點撤離河內，但越盟的武裝部隊比他們快了一步，把聖觀街八十號圍住，雙方爆發一場槍戰，混亂中范東海為掩護潘魁，小腿挨了一槍，雖然及時搶救，仍然傷了筋骨，而且一度傷口發炎而高燒不退，被越國黨同志用擔架匆忙撤出首都，這一役之後，貌合神離的聯合政府正式破裂，范東海不能照原定計畫南下大勒，錯過了見香雪最後一面的機會，但陷於半昏迷狀態中的范東海，竟然有如釋重負的感覺：他總算是為革命受過傷、流過血，也算是對得起河江戰區死難的同志了。

13

到了一九七三年，范東海垂垂老矣，法屬時期、殖民地、爭取獨立等等詞語連同阮愛國、阮祥三的名字都已成為歷史，另一場規模更大的戰爭卻繼續在這片土地上蔓延。這一年也是阮祥三的十周年忌辰，西貢的出版商特別發行了他未完成的最後一部作品《新橋村》，又掀起了一陣自力文團熱潮。《新橋村》遺稿出版後，有一位年輕女記者從西貢上大勒來探訪阮祥三住過的舊居，也和范東海攀談過。范東海知道阮祥三死前兩三年在西貢開了家出版社，重新出版當年自力文團的舊書，但他卻沒有想到：阮祥三和自力文團的成員雖然大半都已不在人世，他們的作品卻沒有過氣，仍然是當時南越一大批言情小說作家崇拜的對象。在這些作家的作品中，隨處可見有氣質的女主角捧著一本一靈、陳慶餘的小說，或者吳耀春的詩集，對同樣有氣質的男主角說：「我最愛讀自力文團了。」

訪談從《新橋村》、阮祥三的死說起，這時的范東海還沒有開始翻看阮祥三的書，因此談不上有什麼意見，但說到越南國民黨卻是如數家珍。同樣愛讀自力文團的女記者卻好像對阮祥三的政治生涯不甚了了，「國民黨？」她說：「國會裡面有個叫武鴻卿的，好像是國民黨對不對？」

「武鴻卿也算是一員福將啊，」范東海於是告訴她，當年抗法戰爭中，武鴻卿如何領兵七千從華南下來，轉戰北部山區，折損了兩千人之後被法國人俘虜。

「那也能叫福將嗎？」

「怎麼不是？被法國人抓去，比落在越盟手裡好得多了，至少他現在是個議員，不像我，」他拍拍自己的右腿，小腿肚上有一個彈孔：「要不是這條腿，跑不快，我也早就下來了，不必在胡志明的牢裡蹲上那幾年。話說回來，當年要不是杜廷道那樣死掉，……」

「杜廷什麼？」女記者問。

打從四六年底越法爆發衝突，范東海的部隊就跟著武鴻卿撤退到雲南，四九年中國國民黨失勢，連帶著越南國民黨在華南也待不下去了，武鴻卿於是領七千部隊翻山越嶺回到北越，范東海和一批傷兵在路上卻被越盟截斷，困守在幾乎與外界隔絕的北部邊境，因為勢孤力弱，只得四處躲藏，以避過越盟的剿殺，最後才好不容易和杜廷道聯絡上，那已經是一九五四年奠邊府戰役之後的事了。

趁著戰事告一段落，杜廷道在北圻各地召集散兵游勇，終於找到了范東海他們這一支殘兵。他告訴范東海：奠邊府之役，越盟雖勝，卻是慘勝如敗，沒有能力再憑軍事力量從法國人手中奪回南圻，只好同意簽署日內瓦和約，接受南北越暫時分治的局面，越南的前途交由未來的一場全民投票決定，期間民眾並且可以自由選擇在南越或北越定居，消息傳出之後，從南圻集結北上追隨越盟的只有幾千人，還不算什麼；北方居民卻是大規模向南遷徙，儼然是一股逃難的人潮，這說來還是越盟自己促成的：抗法戰爭期間，越盟在占領到的解放區內操之過急的推行一連串的土地改革政策，又大肆批鬥地主富農，一時殺氣騰騰，鬧得雞飛狗跳，爾後有人從解放區逃出來，四處一宣揚，令解放區以外的眾多教民、地主、小資產聞之色變，眼看越盟一到來他們就會成為批鬥的對象，哪裡還敢留在北方？於是人人不惜放棄祖業，爭相南下。面對這龐大的南撤人潮，法國人實在應付不來，只好向世界求援，各國紛紛派出船隻、軍艦，不停往來接載，仍是不能在三百天的限期之前把這麼多人全運送到南方，結果經雙方同意延長三個月，才完成了這場史無前例的大遷徙。事後一點算，在這一年之內，主要經海路移居到南部的北方人已超過了一百萬，這一回不單是行動受挫、生命遭到威脅的革命黨或者反革命分子，連小老百姓都忙著逃命了，但杜廷道卻有另外的打算——這也是他召集各地散兵游勇的目的。

「我們不能再逃了。」杜廷道說：「法國人打敗了，我們國民黨還在呢，怎麼就該聽他們的，白白把半壁江山拱手送給了胡志明？」

「退回南部，也不見得就是輸了，」范東海說：「不是說還要等全民投票嗎？」

「老哥，你醒醒罷，」杜廷道冷笑說：「胡志明說全民投票，你就信他會全民投票了？這不過跟當年聯合政府一樣，是越盟拖延時間、鞏固力量的手段罷了。」

「不然又能怎麼著？大家都撤了，我們賴著不走又能幹什麼？」說是這樣說，拖著一條傷腿的范東海，仍然盼望杜廷道能為他們保證一場實實在在、和越盟正面交鋒的戰役。

「留下來，能幹的才多呢。」同樣等待著下一場戰爭的杜廷道說：「我們有足夠的兵力，趁越盟元氣未復，這個時候興兵，一定大有可為。反正我們國民黨沒在日內瓦和約上簽字，誰也管不了我們。」

杜廷道接著開始為范東海詳述他的軍事策略，同時順便報導一些外間的時局變遷。他告訴范東海，阮祥三從中共據有大陸後逃到了香港，然後又回河內，攜著一疊大河小說《新橋村》的初稿，以另一種方式終止他的奔逃：他宣布不再從政，之後就不知所終，有人猜測他去了法國，也有人說他在西貢定居，潛心寫他的小說。

「香雪呢？」范東海不敢問，但又不能不問：「有沒有她的消息？」

杜廷道側頭想了一下，好像不記得香雪這個人了：「應該還在大勒吧。瑞安最近才收到她的來信。不用擔心，這裡的事告一段落之後，你很快就能去看她的了。」

杜廷道只是隨口說說而已，兵荒馬亂的年月，劉瑞安已經好久沒收到香雪的片紙隻字了。杜廷道全不在意段香雪的病況如何，只要和大局無關的他都不會在意。他深信他是會在一場決定性的戰爭中名垂青史的大將，他的聲名，將由無數已朽或將朽的枯骨堆疊而成。他對范東海說：「人家都說越盟那個武元甲能征善戰，我倒想會他一會，看看到底是姓武的策略高、還是我姓杜的兵法強？」

杜廷道部署完畢，便先行回河內伺機而動，只是他萬萬沒有想到：一杯下了毒藥的酒正在首都等著他，而這場他策畫的干擾戰還沒來得及發動就被越盟撲滅，他和武元甲的歷史性對決也沒有機會實現了。北部邊境的范東海沒有等到杜廷道，等來的卻是越盟軍隊。他和一批殘兵一起被解回河內，關進火爐監獄。許多年後，這座監獄會被美軍俘虜封上「河內希爾頓」的美號，而在「河內希爾頓」揚名國際之前，監獄會先關進許多越南人，大部分是各種各樣大小運動中被抓起來的「不聽話」的人，包括曾以一杯毒酒害死了杜廷道的女詩人兼作家：劉瑞安。

年輕的女記者甚至連杜廷道的名字都沒聽過，也不大關心他在法國戰敗之後企圖發動的干擾戰，卻對他的死很有興趣：「這個杜廷什麼，你說他被他的情婦毒死，是真的嗎？」

「當然是真的。那個女人根本就是越盟的奸細，」范東海說：「可惜我們都看不出來，只覺得小杜結了婚的人，不該跟她搞在一起。三先生也說過他幾次，他都不聽，到頭來連命都賠進去，多不值得。」

「好厲害的一個女人。」女記者說：「那時阮祥三已退出國民黨了罷，我是說，杜廷什麼起事不成被毒殺的時候？」

「三先生從來沒有退黨。」范東海更正她：「他只是五〇年那陣子宣布不再從政。當然那也只是掩越盟耳目，躲過他們的追殺而已。」

「他在那個緊要關頭脫離政壇，難道黨內同志不會認為是一種背叛？」

「背叛？三先生？」范東海以一種「你懂什麼」的眼光盯著女記者：「三先生就是越國黨，越國黨也就是三先生，這樣說你懂吧？——他怎麼可能背叛呢？」然後他帶女記者再次回到四十多前年安沛市阮太學受刑的歷史現場，同時令阮祥三提早回國，以便取得越國黨領袖的正統繼承權：「阮三先生是注定了要繼承黨長未竟的遺志的，」范東海最後結論：「他注定了要負起這個無限艱鉅的領導任務，與一切不合理的制度周旋到底。」

女記者唯唯以應，不敢再觸怒這位奉阮祥三若神明的老國民黨員。然而她卻不知道：在范東海激烈的反應背後，另有一種因「背叛」兩字勾引起來、又驅之不去的沉重悔疚之感：河江戰區事件雖然已過去了幾十年，范東海對自己年輕時所犯的過失仍然耿耿於懷，也因此對政治與意識型態上的一切背叛行為深惡痛絕，像劉瑞安。阮祥三在事無可為的時候引退並不算背叛；在范東海看來，背叛所造成的後果要嚴重得多，是軍事行動受到干擾、破壞，是機密外洩、犧牲無算……，這一類的巨大損失。

然而范東海加諸劉瑞安身上的「背叛國民黨」罪名也許過於草率了，理由很簡單：雖然加入過光明團，可劉瑞安從來也不是越國黨員，一個人不可能背叛一個與之毫無關聯的團體。但設若有人持這一理由與范東海爭辯，晚年脾氣變得有點暴躁的范東海也許會說：「但她還是光明團的人對罷？小杜最低限度也是她的同志，啊？毒害同志，難道不是背叛？」

范東海其實沒說過這些話，並非他的辯才不好，而是沒人拿這話去問過他；況且，打從他自河內火爐監獄出來、又南下回到大勒之後，雖然對劉瑞安毒殺杜廷道一事仍不能釋懷，但他已絕少在言辭上批評劉瑞安，因為經過了五六—五八年的文藝大整風，他認為自己已在某種程度上原諒了劉瑞安，而發現自己竟然還有原諒背叛者的能力，也讓范東海在回顧河江戰區事件的時候，心中比較好過一點。

14

說起三十年代的越南戰前新文學運動，可以「自力文團」四個字概括之；說起五十年代的北越文藝大整風，也可以歸納為四個字：「人文佳品」，其中兩個字還能和自力文團扯上關係。

當阮祥三還在河內與兩個弟弟及一批文藝界的朋友辦報寫作的時候，他的《風化》報逢年過節會發行特刊，登一點應節的文章，名為〈佳品〉，直到今天，海內外越南報刊仍然維持這一傳統，在農曆年時出版佳品特刊，內容不外是鼠年談鼠、雞年談雞以及講解一些民間習俗、掌故或禁忌等等。

「人文佳品」的叫法很容易讓人誤以為是《人文》的年節特刊，事實上在五六十年代，「佳品」的名稱所指的是一些不定期出版的文藝刊物。阮祥三後來在吳廷琰統治下的西貢辦刊物時，因為他的特殊身分，申請出版執照有很大的困難，他的《今日文化》月刊便只能以佳品的名義發行，每一期都得重新申請執照。而一九五六年初在河內出版的《春季佳品》也是這樣，內容更沒有一點吟風賞月的意思。那一年修正主義從蘇聯蔓延到東歐、到中國，北越比照著中共的做法，發起「百花齊放、百家爭鳴」的運動，鼓勵群眾向黨和領導提意見、作批評，事後也比照著中共的做法把所有在鳴放運動中批評過黨的人打成反革命。早在胡志明和他的政府還沒有決定要不要跟隨社會主義兄弟國家的腳步之前，《春季佳品》就已經以論文和藝術創作的形式毫不留情地批判越盟（這段時期的名稱是越南勞動黨）執政期間的種種弊端，主要是土地改革政策，因而被取締，主編黎達被捕下獄，後來「鳴放」運動展開，黎達獲釋，仍為《佳品》主編。同年八月，《秋季佳品》第一輯出版，其中有一篇標題為〈批評文藝領導〉的文章，作者是老作家潘魁，其中有一段是這樣說的：「如果強迫每個人都要遵循一樣的寫作路線，終有一天，一百樣品種各異的菊花，都只能開成一種萬壽菊了。」

《秋季佳品》出版後，黎達來潘家探訪老作家。

「大夥兒都很興奮呢，」黎達說：「尤其是老爺子您的文章，社裡的朋友都說：那個筆力萬鈞的潘魁又回來了。我說：何止回來，潘老爺子還要編一份《人文》雜誌呢！」

「本來是打算出月刊的，可是收到的稿子太多，最後決定改為半月刊。」

「我們也是，稿子多得幾乎應付不來，所以《秋季佳品》要分三輯出版，這是從來沒有過的事。」黎達說：「文藝界的朋友都有很多話要說，尤其是年輕的作家詩人。」

「這就可見大夥積怨之深了。」

「可惜有些成名作家反而一言不發，置身事外，像吳耀春，我去找過他，他是以前『自力文團』的成員，說話很有份量，但他卻避不見面。」

「吳耀春？」潘魁冷哼一聲：「他在自力文團的時候沒錯是寫了不少好詩，這些年卻退步了，都是一些沒骨氣的歌功頌德，讀來著實氣悶。去年文協還頒了個文藝獎章給他，開會時我極力反對，說他的詩糟透了，不配得獎，你猜文協的人怎麼說？『吳耀春同志受了黨的教育改造，詩怎會寫得不好？』我當下就拍了桌子，詩寫得好不好，也是黨能教的？那種人，你也不必多費功夫了。」

兩人正談時，一個女子進來給他們倒茶，然後又退了出去，一句話也沒說，潘魁也不介紹，黎達看著她的背影，若有所思，終於忍不住問潘魁：「老爺子，剛才那位是……？」

「是我和我老伴的義女。」潘魁淡然說：「你認識她？」

「看來好像一個人。……也許是我認錯了。」

「你沒認錯。」潘魁說：「是她。」

黎達不語，看著面前冒著熱氣的茶，潘魁說：「不必擔心，茶裡沒有毒。」

黎達一驚，忙說：「老爺子，黎達不是這個意思。」

「我說著玩的。」潘魁喝了一口茶，黎達陪著也舉杯喝了一口，潘魁才說：「我知道外面的人怎麼說她，但我可以告訴你：事情絕不是人家說的那樣。我以前在報社上班，有一段時間和她同事，她是怎樣的人我很清楚，她的遭遇也很值得同情。你若是不趕時間，我可以跟你說說。」

黎達一點也不趕時間，他離開潘家時，月亮都已落下去了。潘魁送他出門後，站在門前抬頭望天，秋夜的天空特別廣闊，星星也顯得特別明亮。剛才倒茶的女子也出來了，潘魁也不回頭，問：「你娘呢？」

「娘早歇下了。」她說：「老爺子今晚好興致，不累麼？」

「談得投機，連時間都忘了。黃家智當年跟我說，詩人黎達是個值得結交的朋友，今日才知所言不虛。……」

她唇邊掠過一絲飄忽的微笑：「潘老爺子會對一個『那邊』的人這樣器重，誰想得到？」

「『那邊』的人如果個個都像黎達這樣明白事理，也不是今天這個局面了。」潘魁嘆口氣：「黃家智和黎達他們早年辦過一個詩社，叫「夜台」，還發表了一篇宣言，你可記得？」

「記得。那篇宣言的開頭兩句是：『我們是一群失去土地的人，在星光黯淡的夜晚降生到世上。』對嗎？」

「不錯，這兩句話讓我想起一部中國的章回小說，《儒林外史》，讀過沒有？」

「《儒林外史》……，」她想了想：「我中文不好，只看過譯本，譯得也不怎麼樣，我看了開頭兩三回就不看了。」

「我要說的就是第一回，『說楔子敷陳大義／借名流隱括全文』，說畫家王冕夜觀天象，看見貫索犯文昌，知道是『一代文人有厄』；我不懂星象，不知道怎麼叫貫索犯文昌？但眼下這般光景，任誰都看得出來，大局是對文化人極端不利的了。」

「這一節我是記得的。」她抬眼看著星空，像要從那億萬星體之中找出貫索和文昌的位置，她的眼睛也明亮如星：「接下去便是天上有百十顆小星，墜落天角，王冕便說那是天上的星君下凡來協助維持文運……，是不是，老爺子？」

「『國家昏亂有忠臣』，凡當亂世，自少不了有那正義之士，出來抗爭、維護公理正道，不足為奇；我覺得可惜的是：以黎達這一代文人之才，要是太平盛世，有個安定的環境，讓他們專心著作，難道不能為越南文學創造更壯麗的高峰？如今卻只落得和這樣一個統治階層糾纏、低聲下氣地乞求一些本來就屬於我們的基本權利。……整整一個世代的創造力被浪費掉了，這，才是越南文學的大不幸啊！」

潘魁的《人文》在九月創刊，連同黎達的《佳品》，成為那短短幾個月間河內知識分子爭取民主、要求言論自由的主要論壇。《人文》只發行了五期，《佳品》則出了三季五輯，以《冬季佳品》為終結，從春的豔麗、到秋的肅殺、到冬的寂滅，冬去春不來，《佳品》注定了只能是一年生的異葩。一九五六年年底，《人文》、《佳品》及幾份規模較小的反對派刊物全被勒令停刊，沒多久，反右運動開始，在這些刊物上發表過文章的人紛紛被捕，期間自也少不了有人混水摸魚、公報私仇；先是有這麼一個姓名字號不值得一提的文化敗類，出了一本詩集，集子的名稱也同樣不值一提，內容則是對偉大領袖的歌功頌德，極盡阿諛奉承之能事，偉大領袖自是龍顏大悅，黎達和陳寅等幾位現代詩人卻看不過去，忍不住批評揶揄一番，文化敗類懷恨在心，這時逮到機會，對黎達、陳寅大加撻伐，往死裡打，原本不嚴重的罪名也變嚴重了。

「人文佳品的案子，我也聽過一點點，」女記者說：「好多有名的作家都被抓了是不是？」

「抓了好多人，潘魁潘老爺子就是一個。不過案子還沒審，他就過身了，倒免了進牢裡受苦，……還有就是劉瑞安。」

「劉瑞安？那個毒死杜廷什麼的女人？人文的案子她也有份？可她不是越盟的人嗎？」

「越盟的人也不是全沒良心的，人文案子裡被抓的多的是又紅又專的共產黨員。劉瑞安既然是文藝界的人，可能也說了些不該說的話，寫了些不該寫的文章吧？我只知道，她的刑期最重，別人坐五年、十年，她被判十五年。還有，」范東海頓了頓，好像盡量把下面的話說得不帶半絲感情：「我聽說，她在牢裡，用筷子刺瞎了自己的眼睛。」

「哎呀！」女記者驚呼。

范東海點點頭：「聽三先生說，把自己刺瞎是一種什麼、補償還是怎麼的一種……，嗯，行為。三先生又說，是外國一個神話故事，我也記不清了。」

「是希臘神話吧？」女記者說：「有個國王，殺死了自己的父親，——他並不知道那是他的父親，可是他的國家仍然因為他的罪行而受到天譴，連年大旱，最後國王知道了真相，就把自己刺瞎，作為贖罪。是這個故事嗎？」

「大概是吧。記不清了。」范東海拄著拐杖，給女記者換上一杯熱茶。一九四六年聖觀街一役，一顆不長眼睛的子彈穿過他的小腿，令他下半生再不能像正常人一樣步行。范東海的腿傷和劉瑞安的毀目其實都有一個共同點：傷者在巨大的痛楚之中產生錯覺，誤以為他們所流的血、所承受的劇痛已足以抵銷他們過去所犯下的一切錯誤。

15

雖然槍傷令他不能再完成保護潘魁的任務，老作家被越盟擄去，長期軟禁；但范東海對這小小的失職另有一種說法。一九五八年，人文佳品案發後，文化界許多人被牽連下獄，范東海卻從火爐監獄被釋放出來，一拐一拐地被帶到國家主席胡志明的面前。

「東海兄弟，好久沒見了。」胡志明放下手中的一疊文稿，他的一把山羊鬍子都已花白，也更稀疏了，只有笑容還是一貫的親切：「你的氣色還不錯嘛。」

「託賴了，『胡伯伯』！」范東海說：「沒想到還有見到你老的一天，我估量著早晚死在你的黑獄裡了。」

「你的腿是怎麼回事？」胡志明一臉關切：「不會是牢裡的人……？」

「你忘了？」范東海拉起右邊褲腿，指著小腿的一個彈孔：「那年武元甲誣陷我們殺人越貨，我們和越盟在聖觀街八十號打了一仗，這是越盟送我的禮物，我還沒機會謝你呢。」

「不必客氣。——知道為什麼放你出來麼?」

「我約莫能猜個八九不離十,」范東海也不客氣,拉過一張椅子就坐下來:「這一兩年你那土地改革的政策弄砸了,讓人罵得很慘,你臉上下不來,就抓了一大票罵過你的人,可這一來監牢裡又住不下了,所以挑了像我這樣豎高橫長食量又大的放了,騰出地方來好多關幾個,是不是這樣?——說起來,你們這個大爛攤子,和我腿上吃的這一槍還有點關係。」

胡志明不解地問:「此話怎講?」

「當年我是奉三先生的命保護潘魁潘老爺子的,要不是你們撂倒了我,潘老爺子就不會落入你們手中,要不是落入你們手中,潘老爺子早就跟著國民黨退到南圻去了,就因為你們傷了我,潘老爺子被困在北圻,今天他才有機會鼓動這些個寫文章的,把你罵個狗血淋頭。」

「你的歪理可真不少。」胡志明說:「不過我放你出來,卻有別的緣故:你們國民黨的阮老三,銷聲匿跡也有一段日子了,我讓你去探望探望他、敘敘舊如何?」

「三先生在什麼地方,我全不知道,敘什麼舊?」

「他現在中部大勒。我放你過十七度緯線，你自己認得路，見到了阮老三，順便給我帶句話。」

「對不起，我的腿走路不大方便。要說什麼，你不會自己說去？」

胡志明也不理會，把手中那一疊文稿遞給他，自顧說下去：「你跟阮老三說，我在柳州監獄寫的那些詩，馬上要出版了。這是我國無產階級文學的空前成就，本來想請潘魁寫序的，可潘老頭那思想最近有點問題，說話顛三倒四的，阮祥三是文壇名家，分量不比潘魁輕，請他來寫這篇序再恰當不過了。」

「喝，看不出來，你還會寫詩？」范東海翻了翻那疊稿件，第一頁就是他有份參與創作的「身體在獄中／精神在獄外／欲成大事業／精神要更大」，經過了四分之一個世紀之後，范東海已不認得自己此生所作的唯一一句詩，冷笑說：「詩是三先生那等有學問的人寫的。你？一旁涼快去吧。」

「我得提醒你，」胡志明說：「我現在是越南民主共和國的主席了，你跟我說話，應該有禮貌一點。」

「你耳朵長屌毛了？」范東海說：「我一上來就叫你胡伯伯，那不叫禮貌叫什麼？」

來自西貢的女記者不能確定：范東海向她講述的這一段歷史有多少真實性，但也無法指范東海憑空捏造，只好相信他的確是被胡志明釋放出來、又帶了一部《獄中日記》的稿子到大勒請阮祥三寫序的。即使沒有胡志明的囑咐，范東海也是要先到大勒，尋訪段香雪，儘管他知道，他所能見到的多半只是一座青塚了。

胡志明仁至義盡的送范東海一根拐杖，令一名資深黨員領他出門。這位臉圓圓的資深黨員把范東海交給一個人民軍，簡單囑咐幾句，人民軍就帶著范東海上路了。自始至終圓臉膛黨員都沒抬頭看范東海一眼，范東海只顧著想胡志明讓他南下又不知安著什麼陰謀詭計，也沒注意圓臉膛垂眼低首是有意避著他的眼光。要是范東海稍稍留心一下，他就會發覺：圓臉膛的右腮有一顆黑痣，長著一撮毛，正是當年向他提供情報，說胡志明要潛入華南的那位心心社的丁九。

范東海從來沒有忘記過當年日軍佔領北越之後、他和阮祥三離開河內之前找上他的這個神祕人物，尤其是後來證明他所提供的情報不假，胡志明果然就是越盟的阮愛國，范東海更認定了這位丁九是他們的同路人，只是任他如何打聽，都再沒有這人的消息，丁九就那樣消失了。范東海只好憑想像為他塑造一個出身背景、講述他如何參加心心社、投身革命大業的動人事蹟，在范東海的故事中，他有時在暗殺叛將陳世員的時候與敵俱亡，有時卻是行刺胡志明不遂，投還劍湖自盡。

現實中的鄭廷九可沒那麼多姿多采的經歷；雖然他出席過一九三〇年在九龍舉行的會議，可以算是越南共產黨的創辦人之一，但實際上他只是一個卑微的小角色，其愛與恨皆不能澈底。當年他懷疑胡志明害死總書記黎鴻峰，特意向越國黨洩漏胡志明的行蹤，不久之後果然傳來胡志明在華南為越國黨所殺，鄭廷九以為事件就此告一段落，沒想到過了一段日子，胡志明又活生生地出現在他們面前，不但毫髮未損，還登上了國家主席的高位。鄭廷九這時卻害怕起來，當初是他懷疑胡志明通敵出賣陷害同志的，如今胡志明卻很可能反把這些罪名悉數扣在他頭上，最要命的是：他的確犯過這些罪行。鄭廷九思前想後，唯一值得慶幸的是當年他是一個人行事，並無旁人參與，他和范東海接觸時又是用的化名，胡志明就是懷疑有人告密，相信也查不到他頭上來，他於是對自己說：死者已矣，共產黨在胡志明的領導之下發展得強盛壯大，即令黎鴻鋒仍是總書記，也未必能有這般成就，他何不以大局為重，只要胡志明今後切切實實為國為民，他可以不計前嫌，再也不追究胡志明陷害總書記夫婦的嫌疑。這樣一想，鄭廷九精神頓時一振，覺得自己能為大局著想、摒棄個人恩怨，真是何等寬宏大量的氣度。

頂著同樣冠冕堂皇的「犧牲小我、成全大我」的理由，鄭廷九和他那一輩的資深黨員開始把建黨初期和胡志明（當時還叫阮愛國）爭權的激進派犧牲掉。這些資深黨員不一定都像鄭廷九一樣，曾經密謀剪除胡志明，但各人心中明白：沒有必要為了一個已死多年的前總書記而與當今的主席為敵。雖然從不明言，他們卻很有默契地鮮少提及那一批激進派的同志，以致有很長一段時間，黨史上都沒有黎鴻鋒曾經當過一任總書記的記載，許多黨員即使聽過他和阮氏明開的名字，也都只當他們是早期抗法時犧牲的先烈，其面目極之模糊，生平事蹟更不如後來越盟時期的烈士那樣得到大事渲染。

帶領范東海離開北越的年輕人民軍戰士就對黎鴻峰和阮氏明開一點也不熟悉。范東海跟著他穿過一大段崎嶇蜿蜒的山路，神不知鬼不覺地越過分隔南北的十七度緯線猶如穿越陰陽界，他深深吸了一口自由的空氣，回頭看時，人民軍什麼時候已悄無聲息地功成身退，只見殘陽如血，映照著雄壯而貧瘠的長山山脈。這時南北對立的大勢已定，本來說好的一場全民投票被雙方一拖再拖，終究不了了之；過不了幾年，另一場漫長的戰爭將展開，蜿蜒山路發展成為胡志明小徑，更多的血和火和化學毒素將融入這片土地，但並不能稍損其雄壯，亦不能更添其貧瘠。范東海忽然有種預感：此生只怕是再也見不到北方的大好河山了，心中徒生悲涼之感，背起包袱，拄著拐杖，一拐一拐的向南方而去，那包袱中除了《獄中日記》之外，還有胡志明親手交給他的《人文》半月刊五份、《佳品》三季五輯，沉甸甸一大疊。

16

「當然，什麼詩啦寫序啦都是幌子，」范東海對西貢來的女記者說：「胡志明比誰都清楚，只要三先生看過了潘老爺子他們寫的文章，他就不能不出山了。」

「除了潘魁，自力文團的成員也有牽涉在內嗎？寫詩的那幾位，吳耀春、世旅，聽說日本入侵之後都投向越盟了，他們也有參與人文佳品的運動嗎？」

「沒有！」范東海搖搖頭：「也真看不出來，他們和三先生當年不是親如兄弟的嗎？潘老爺子這樣批評共產黨，他們從頭到尾沒吭過一聲。老古人的話真是不錯的，龍生百子不成龍，洛龍君的一百個龍子，長的都不一樣，心裡想的也都不一樣，有正有邪，有善有惡，有像三先生這樣為國為民，也有吳耀春這樣是非不分。」

女記者不知道什麼龍生百子不成龍的典故，只好胡亂點點頭：「可是，阮祥三不是胡志明的死對頭嗎？胡志明為什麼希望他出山呢？」

「因為胡志明摸不清三先生有什麼盤算。三先生一天在山上不下來，胡志明就一天睡不安穩。他寧可像當年聯合政府那樣，把三先生放在明處，他容易操弄。」范東海噓了一口唾沫，對女記者說：「這就是政治，懂不懂？」

可阮祥三告訴范東海，他之所以隱居不出，也是因為「政治」兩字。他反問范東海：「依你這麼說，我一直在山上待著，讓胡志明夜夜睡不著覺，豈不是更好？」

范東海答不上來，阮祥三又說：「我以前是幹革命的，可在聯合政府那段日子，叫我看清了：我只能幹革命，不適合搞政治。現在南部那些人，卻全是搞政治，現今這個時代，再沒有人幹革命了。」

「幹革命和搞政治，有什麼分別呢？」范東海問。

「我打個比方：我們和法國人對抗，組成一個大越民政黨，那是幹革命；可流亡到中國之後，要爭取中國政府的支持，就不能叫大越民政黨了，得改成越南民政黨，這就是政治。」

范東海似懂非懂：「那也沒什麼大不了，不就是改個名字嗎？」

阮祥三把范東海交給他的一大疊《人文》《佳品》連同胡志明的詩稿隨手放在一邊，看也不看，只顧把玩手上的一盆蘭花。范東海這才注意到，阮祥三的家中擺了好多蘭花，都是阮祥三平日不辭路遠登山涉水四處蒐集得來的，他並且特地從法國訂購一批圖書，研究不同品種蘭花的屬性，什麼血絨啦、一點紅啦、金線啦，……分門別類，儼然專家。幾年下來，大勒的養蘭業在他的影響之下，居然發展得一片欣欣向榮。

這是一九五八年：當北越的知識分子被關進火爐監獄、當膽敢批評領導、要求民主的共產黨員被送去勞改營、當老作家潘魁溘然病逝、當拒絕被規定只能開成萬壽菊的百花在寒冬中凋零殆盡，中部的山城仍然有淡雅的蘭花，靜靜地綻放著屬於王者的芬芳。即使在阮祥三辭別山城、再也不回來之後，大勒的蘭花仍然盛放不衰。

雖然多了蘭花點綴，但對范東海來說，一切都和以前不一樣了：長期和肺病掙扎的香雪，在抗法戰爭展開後不久，就死在山明水秀的大勒。阮祥三帶范東海去看她的墳墓，在一個山坡上，像她以前住的房子一樣對著大湖，環境清幽。

「大湖改了名字了，你聽說沒有？現在叫『春香湖』。」阮祥三對范東海說：「你就在這兒住下來罷。我在外面公路旁邊買了一塊地，正在蓋房子，你正好可以幫幫忙。」

阮祥三的那塊地並非如他所說的在公路旁邊，而是偏離公路，穿過一片松林，沿著小溪走一段路才到達。范東海一見到那幢正在搭建的房子就脫口而出：「光、明、村？」

「我叫它青玉庭。」阮祥三說：「青玉，是一種蘭花的名字；不過是的，用的全是輕便廉價的材料，和當年我們的光明村構想一樣。青玉庭一旦建成，便是我終老之所了。」

范東海茫然望著阮祥三彷彿要質問：你到底是誰？你把阮三先生弄到哪兒去了？你要寫的歷史呢？是誰說過的：先寫歷史，回頭再寫小說？他抬頭四顧要找出一兩個人，像陳慶餘、像黃道，指證歷歷幫他一起說服阮祥三。

四周只有山風事不關己的吹過林梢，陳慶餘和黃道都不在了。

一九四六年聖觀街槍戰之後，陳慶餘逃出了河內，卻在回鄉下的路上受到越盟的伏擊，遇害身亡。范東海有時會記錯了這一段細節，說成陳慶餘在聖觀街八十號一役中英勇作戰，力殲越盟敵眾數十人，最後才壯烈犧牲。

戰時音信隔絕，要過了好幾個月，人們才知道陳慶餘已經遇難，緊接著越南文政兩壇又折損一員健將：阮祥三的弟弟，筆名黃道的老四，在乘搭火車從香港到廣州的途中，因心臟病突發死亡，是自力文團七人中唯一客死異鄉的成員。黃道在聯合政府中也曾出任部長，名氣不如阮祥三，但這並不是說，他的死因此對越南政局全無影響。

打從受法國殖民統治以來，越南人的抗爭就一直沒有中止過。最初，這些抗爭都是以順化朝廷為依據，但屢戰屢敗，犧牲慘烈，歷朝皇帝還被流放到非洲、到印度洋的孤島……。直到中國辛亥革命成功、推翻帝制，越南革命志士才醒悟：反殖民並不一定要擁護皇帝，抵抗侵略的同時也可以趁機廢除封建制度，越南革命從此邁向一個全新的階段，勤王的傳統思想被民主革命所取代，而新建立的民主中國也適時為越南人提供物質與精神的支持，不少革命者，像武鴻卿、黎鴻鋒等，都出身於黃埔軍校。中國人對爭取獨立而犧牲的越南志士也頗為尊敬，一九二四年，在廣州行刺法屬安南總督馬蘭不遂、投珠江自盡的范鴻泰，其遺體被粵人安葬在二望岡，更立碑記載其事蹟。

一九四八年，同樣死在廣東的黃道卻沒能受到范鴻泰那樣的禮遇，忙著逃難的中國人無暇分心理會他這個異國的革命者，阮祥三只能將他收葬在東莞北面一個叫石龍鎮的地方。兩年之內，自力文團接連失去兩根支柱，阮祥三失去兩個寫小說、幹革命的好夥伴，自是傷心逾恆，加上一九四九年中共據有大陸，流亡的越南國民黨成員再度失去立足之地，一部分人逃到香港，廢帝保大被法國人說動，回越南南圻領導新政府，武鴻卿本來在廣西已得到白崇禧的支持，集合流亡勢力成立一個抗共陣線，沒想到國民政府兵敗如山倒，覆巢之下，武鴻卿別無選擇，只得帶兵從高平山區進入北越，彈盡援絕之後為法國人所執，最後同意加入保大的政府。

阮祥三呢？為黃道辦理完後事，阮祥三在香港待了兩年，期間開始寫作《新橋村》，一部在他心中醞釀多年的系列小說。

《新橋村》終究沒寫完，但阮祥三已經決定把這部此生最重要的著作獻給一個最重要的人。手稿第一頁上，阮祥三細如螞蟻的筆跡寫著：

「獻給親愛的蓮；是她勸我重返寫作之路，《新橋村》才能面世。」

范氏蓮，阮祥三的妻子，人人都叫她三大娘。除了黃道的猝逝，另一個促使阮祥三退出政壇的原因是三大娘的到訪。

17

阮祥三還在念書的時候就在母親的安排下結婚了，那時范氏蓮十六歲，婚後生下五男兩女。阮祥三因為參與追悼革命家潘周楨而被學校開除、去了法國的那幾年，年紀輕輕的三大娘在河內開了個店，主要經營批發檳榔，也賣一點醃魚、魚醬的東西。後來自力文團成立，阮祥三鎮日不是忙出版社就是光明團、雜務一大堆，養兒育女大部分都是三大娘一個人擔起來，還得打理她那檳榔生意，和阮祥三的文政大業倒也說得上井河不犯，即使阮祥三在日軍入侵之後必須逃去中國，三大娘和兒女們的生活基本上影響不大。但到了一九四六年，形勢就完全不同了。

聯合政府決裂之後，越國黨被打成反革命的叛國分子，越盟不但追殺陳慶餘等黨人，還株連九族的搜捕他們的家人，三大娘沒奈何，只得結束了河內的生意，一家人四散藏匿。三大娘帶著大兒子，和阮祥三的二哥逃離河內，回到鄉下的娘家落腳。越法戰爭在那年年底爆發，過了幾個月，這一帶被越盟所占，成為解放區，三大娘幾個人走避不及，落入越盟手中。

越盟把他們帶到一處偏僻野外，看樣子是核實身分之後隨即槍決，三大娘自忖難逃一死，那知天無絕人之路，法國戰機恰好選上這個時候來空襲，三大娘和兒子乘亂逃脫，也不辨東南西北，只管發足狂奔，但婦道人家畢竟跑得不快，空襲一過，兩名越盟嘍囉又追了上來，將娘兒兩個攔住，一人手上還拿著支步槍，忿忿說：「天殺的法國佬遲不來早不來，害老子幾乎失掉要犯。」另一個說：「我說不如把他們就地正法算了，反正這些反革命，解到哪兒也是殺，早點結果了，也省得他們再逃掉。」

忽聽一人說道：「誰在這兒大呼小叫，要打架還是怎的？」話聲才落，只見前面林子步出一人，三十上下的一個莊稼漢，背負著手，范東海這時如果在場，見了這人一定會脫口叫出一聲「黨長！」，可那越盟哪裡見過阮太學？更不知道這長得酷肖阮太學的莊稼漢是什麼來路，自然不把他放在眼內，一擺手說：「我說那鄉巴佬，我兄弟倆是越盟部隊，正在捉拿叛國份子，沒你的事，回去耕田吧。」

莊稼漢似是沒聽到，直朝他們走來，那越盟也不理他，對著三大娘舉起了槍，三大娘心頭一涼，還沒來得及尖叫，槍聲就響了，應聲倒下的卻是那越盟，步槍也被抛得遠遠的。三大娘訝然，再看那莊稼漢時，他手上什麼時候已多了一支短銃，槍口還冒著煙，他的臉則冷若寒冰：「什麼叛國份子？我只看見兩個拿槍指嚇婦孺的賊胚，這就是胡志明、武元甲調教出來的人民部隊嗎？你兩個聽清楚了，死了也做個明白鬼：今日殺你們的，是越南國民黨故黨長阮太學的槍，開槍的是阮太學的弟弟，我叫阮文林！」說罷槍聲再響，兩名嘍囉一聲沒吭，滾倒地上乖乖做一對明白鬼去了。

三大娘一個生意人，幾曾見過這等陣仗？鬼門關前撿回一條命，驚魂未定，兩腿發軟，結結巴巴地說不出話來。倒是十四五歲的大兒子比較冷靜，提聲叫那莊稼漢：「恩公真是太學先生的兄弟？家父是越國黨的阮祥三，這位是家母。」

「兩位原來是三先生的家眷？」阮文林驚道：「三先生和先兄是故交，我也認識的，——他可在附近？」

「家父已去了中國，二伯父適才和我們一起，因為越盟追殺，如今走散了，不知生死如何？」

「兩位請安心，我會著人打聽二先生的下落的，」阮文林扶起三大娘，指著前方說：「寒舍就在前面不遠處，三大娘和小哥請先到寒舍歇息，再作打算。」

「府上？……」三大娘說：「天哪，難道我們竟然走到土桑村來了？」

「這裡正是土桑村。」阮文林舉起手中槍說：「十幾年前，越國黨起義不成，先兄遇難，我未過門的嫂嫂阮氏江在村口自盡，留下這把槍，不想今日我竟能用來救出阮三先生的家人，也是冥冥中的定數了。」

三大娘母子逃過一劫，阮祥三的二哥可沒這麼幸運了，阮文林和越國黨的人在一個池塘邊找到了他的屍首，他逃過了法軍的空襲，卻死在越盟的刺刀之下。阮文林馬上安排讓人護送三大娘到中國和阮祥三會合。三大娘說：「恩公為救我母子，斃了越盟的人，越盟一定不會善罷干休，恩公也要早日離開此地才好。」

「家有老母，不堪跋涉。」阮文林淡然笑說：「自從武元甲炮製出溫如侯冤案之後，我和越盟也不是第一次交手了，我自有辦法和他們周旋，三大娘不必多慮。」

這時中越兩國都是兵荒馬亂，三大娘把兒子交給越國黨同志，帶到安全的地方，自己一個人上路，幾經艱苦來到邊界，卻又聽說阮祥三已去了香港。當她終於在杜廷道的護送下抵達香港，又是好幾個月之後的事了。

「那幫越盟還算是人麼？」三大娘一見到阮祥三就說：「人哪會像他們那樣兇殘法，連孩子都不放過？」

「我也想不到越盟會這樣趕盡殺絕。」阮祥三說：「都怪我走得太倉促，我該先安置好你們的，那樣你和孩子們就不必受這一場驚嚇，二哥也不必白送了性命。……」

「現在你怎麼打算呢？我們還有孩子在國內，……」

「廷道告訴我，已經把他們撤到安全的地點了。至於我，……」阮祥三沉吟著，他向來極少和妻子討論家庭以外的事，不論是以前的出版社、光明村，還是現在的黨國大業，一時竟有點不知從何說起的感覺。

「我看你就別再管那些事了，」三大娘說：「安安份份寫你的文章不好嗎？寫文章，沒人寫得比你好，可那些人是流氓、是土匪，文章寫得好頂什麼用？筆桿子再強，能強得過槍去？」

「哪能說不管就不管呢？我還是越國黨的領袖，……」

「黨裡面能人多的是，帶兵上陣，未必就少了你一個？你的兄弟、兒女難道不重要？今次要不是阮太學的弟弟，只怕你再也見不到我們娘兒倆了。」

「就是啊，」阮祥三說：「阮文林那一班同志剛剛才救了你們，我這就丟下他們不管，怎麼說得過去呢？」

「你就光想著別人對你的恩義，怎不想想你也為他們做了多少事，東奔西跑的，一年到頭，你一共才在家裡吃過幾頓飯？孩子們都不認得你了！」

與其說三大娘終於說服了阮祥三，倒不如說自從黃道死後，阮祥三早已萌生引退之念，三大娘在香港見到他的這段時間，阮祥三正要在文學與政治、黨國和家人之間作一取捨。

阮祥三到廣東為弟弟辦後事的時候，武鴻卿也來了，到底是共過患難的同志，兵馬倥傯仍老遠趕來送黃道一程。武鴻卿並且向阮祥三透露他得到白崇禧支持抗共的計畫，言詞間顯得相當樂觀，阮祥三自己對來自中國的承諾卻抱持著懷疑的態度。怎麼能不懷疑呢？想到日本投降之後來北越接收的中國軍隊、想到中國把他們送回法國人手中，令越國黨孤立無援，……誰還能相信那些空洞的承諾？安葬了黃道，中國局勢愈趨惡化，阮祥三隨著逃難的人潮來到香港。想當年安沛起義前夕，當時還叫阮愛國的胡志明在這裡成立了共產黨，之後不斷發展、壯大，二十年後的今天眼看就要據有半壁江山；而在同樣的一片英國屬地上，一度振興過越南國民黨的領袖阮祥三卻不能不有日暮途窮、進退失據的悽惶。三大娘恰在此時到來，第一次也是唯一一次闖進丈夫的世界，第一次、也是唯一一次，幫助他作出了抉擇。

「這仗一時半會還打不完，」三大娘說：「河內又亂糟糟的，我說我們不如搬到南圻去吧，離越盟遠一點，也讓孩子們有個安定的環境上學、唸書。」

一九五〇年初，差不多也就在武鴻卿孤軍奮戰北部山區、為法軍所擒的同時，阮祥三悄然返抵河內，宣布不再參政，回歸文學。同年，他和三大娘帶著兒女，以及小說《新橋村》的初稿，遠離烽火未熄的北圻，到南部定居。

《新橋村》又名《浮萍》，關於它的內容，阮祥三在手稿中是這樣介紹的：

「一部東周列國志式的故事，講述一道木橋旁邊的一個小村落，木橋從開始腐朽到完全倒塌之間，小村裡的尋常人家、他們尋常的喜怒哀樂。

橋塌後，村裡的人也隨之各散東西，像隨流水而來的浮萍，在短短的時間內聚集在橋腳，然後又隨流水漂去，不知所終。」

這部小說計畫以十多二十個中長篇交織而成，手稿中也有阮祥三所擬的主要次要人物表，家道中落的貴族、不合時宜的老學究、愛思考探索的青年釗、患眼疾屢醫不癒的少女貝，……每個人物還附上素描一幅，其中最詳細的是一個臉上有酒窩的年輕女孩梅，梅的故事也是堪稱最完整的一篇。此外還有當時的物價表，一公斤米若干錢、每人每月生活費約多少，……以及新橋村所在地周圍的形勢圖。這是阮祥三細心建構的世界，一如當年他在河內計畫建造的光明村，為渺小如浮萍被流水推逐去來的人們設計一種安定的生活，儘管那可能只是曇花一現的安定。

「種蘭花、寫小說、建房子，……這樣說來，阮祥三好像真的有意在大勒終老了。那麼，後來他為什麼又改變主意，放棄山上的一切，南下西貢呢？」

女記者沉思的表情居然有點像年輕時候的段香雪，范東海的語氣不由得也溫柔起來：「那是天意。」他說。

18

在大勒住下來之後，范東海才發現：除了他和胡志明之外，還有一大批人熱切地期待著阮祥三下山。短短幾個月內，就有過兩三個從西貢來的訪客，范東海並不認識他們，但可以肯定都是越國黨的後起之秀，三爺前三爺後的對阮祥三執禮甚恭。其中一個身材高大的中將，手中捧著一盆蘭花，說是聽聞三爺愛賞蘭，特地送來這一株稀有品種云云。

「那是楊文明。」黃家智告訴范東海。在西貢一家大學任教的黃家智，是同輩之中和阮祥三比較常來往的寥寥幾個人之一，范東海有點怕他，因為他常常說一些范東海聽不懂的話：「三先生怎麼跟他說？」

「他坐了半天，三先生都只和他談蘭花，什麼陽光啦、水啦、哪種泥土啦，聽得我都快睡著了，那姓楊的中將也有幾次忍不住幾乎要打呵欠。」范東海說：「南部什麼個情況我不清楚，不過好像不大安定是嗎？那個叫吳廷琰的似乎也不怎麼罩得住，要不然也不會有這些個人上山來找三先生了。」

「渡江天馬南來，幾人真是經綸手？」黃家智長嘆一聲，不答反問：「三先生這會兒又上哪去了？」

「今天亭子那邊沒開工，」范東海總是記不住青玉庭的名字，有時會叫成光明亭，不然索性就叫亭子：「八成又是滿山跑，找蘭花去了吧。」

黃家智嗯了一聲，低頭翻看阮春秋書桌上的幾本書。范東海見他不再說什麼，小心地兜回原先的話題：「家智老師，您說，三先生到底是怎麼個想法？他總不能在這山上種一輩子蘭花吧？」

「男兒未了功名債，羞聽人間說武侯。」黃家智又說了兩句范東海聽不懂的話，拿起書桌上阮祥三正在看的書，那是一本《三國演義》，正翻到第八十五回「劉先主遺詔託孤兒／諸葛亮安居平五路」：「阮祥三心裡想什麼，沒有人能猜得透。可是東海大哥，阮祥三的確也不像會在山上種一輩子蘭花的人，我大膽說一句：不出一年，我們的三先生就會下去西貢的了。」

「真的？」

黃家智剛剛吟的那兩句詩，是陳朝名將范五老的〈述懷〉。范五老出身寒微，在街上賣竹簍為生，某日大將軍陳興道路過，范五老坐在路邊織簍，並不讓路，衛兵先是驅趕、繼以矛刺其腿，范五老仍安坐如故，陳興道大奇，趨前相詢，范五老這才如夢初醒，解釋說他方才正在思索兵書上的某個章節，不知將軍駕到，並非有意干犯虎威。陳興道異之，延為門客，後來北方強鄰元朝大軍三度犯境，洛龍君的後裔這一番不再需要倚仗洛水神龜的軍火援助，而是針對蒙古人不諳水性的弱點，專打海戰，大獲全勝，范五老戰功彪炳，受封右金吾大將軍、殿帥上將軍。史載范五老文武雙全，但其詩文多已散佚，僅留下兩首詩作，一首是〈輓興道大王〉，另一首就是七絕〈述懷〉：

橫槊江山恰幾秋
三軍貔虎氣吞牛
男兒未了功名債
羞聽人間說武侯

黃家智這話令范東海將信將疑，還沒有細問究竟，阮祥三已經回來了，兩手泥汙，神情愉快。

「我等了你半天了，真是只在此山中，雲深不知處啊。」黃家智笑說：「又採集到幾株好蘭花罷？卻不知比楊文明送來的那盆如何？」

「你也聽說了？」阮祥三邊洗手抹臉，邊說：「他那一盆不得了，稀有品種，別處找不到的。」

「是嗎？叫什麼來著？可也有個好聽的名字？」

「怎麼沒有？叫『政治蘭』。」

兩人相視而笑。黃家智說：「我剛剛想起來：我給你畫的那幅畫像，沒畫完的，還在不在？」

「怎麼會想起那幅畫來？好多年前的事了。」

原來黃家智自從離開河內，回鄉下住了一段時間，眼看局面越來越亂，索性避到南圻來。阮祥三宣布退出政壇之後，也帶同妻子兒女南下西貢，一向做檳榔生意的三大娘，來到西貢依然幹回老本行，在安東市場弄了個攤子賣她的檳榔，並就近租了個公寓居住，比誰都快的融入了新環境。倒是黃家智等一眾常來阮祥三家走動的孤臣孽子，眼看新亭風景依舊，無所事事的日子長得不知如何打發，只聽阮祥三弄笛為樂，那笛聲似也喑啞枯澀，被外面市場嘈雜的叫賣聲撕扯得潰不成曲。

那幅油畫就是黃家智百無聊賴的時候畫的。阮祥三從一堆舊物中把那畫翻出來，是一張半身像，面部大致已完成，持香菸的手卻只得寥寥幾筆，不曾著色。

「那時怎麼沒有畫完？」

「那是什麼時候，……五二、五三年？好像是我的學生參加了什麼運動，牽連到我，被法國人抓了去一段日子，然後你就上山來了。」黃家智說：「現在我有時間了，也許可以把它畫完。」

阮祥三點點頭，從那堆舊物中又找出一支笛子，拂去上面的塵，吹了起來。

「吹那首美國曲子罷。那年流行，常常聽你吹的。」黃家智說。

「哪一首？」

「就是關於跳舞、移情別戀的那首。」

「〈田納西華爾滋〉？」阮祥三的手指在笛孔上跳動，樂音如泉，流淌在山城午後特有的慵懶而清涼的空氣中，另有一種淡淡的哀怨。一曲吹完，餘音不絕，阮祥三放下笛子：「真是一首好曲子，每次我聽著，就忍不住要羨慕他……。」

「人家的情人移情別戀，你羨慕什麼？」

「不，我羨慕的是寫這首歌的人，可以單單純純的寫一個失戀的故事，聽來仍然這樣動人，我們自己呢？這幾十年來，不管小說、詩、歌、戲劇，我們的題材總是離不開革命、抗戰，這些作品，在一時一地可能有它的價值，也可能受到推崇、讚賞，但過了一段時間之後再看，就覺得可厭了。我現在重讀以前寫過的東西，就是覺得面目可憎。」

「每個民族的文學有它自己發展的軌跡，不能一概而論。」黃家智說：「你的《斷絕》寫現代女性要掙脫傳統禮教的束縛，有它的時代意義，在文學史上的地位是很高的。」

「藝術價值卻很低。」阮祥三說：「你看這裡的春香湖，雖然沒有河內還劍湖的歷史感，但因此反而不受拘束，另有一種嫵媚。也許必須擺脫掉描寫民族苦難的狹隘題材，我們的藝術家才能創造出真正不朽的作品？」

然而民族苦難不是那麼容易說擺脫就能擺脫得掉的題材，連黃家智這樣的浪漫派詩人，在一九六三年的大部分作品，都不能不反映當時佛教徒與吳廷琰政權的尖銳對立，這些詩後來都收進他的詩集《慈悲火》。其中與詩集同名的〈慈悲火〉，則是獻給為抗議吳政權迫害佛教徒、在西貢鬧市自焚的釋廣德。釋廣德自焚所引發的國際譴責還沒有平息，吳廷琰又得面對另一場政治危機：六三年七月七日，阮祥三在西貢家中自殺身亡。他的死，把南越各界的反吳情緒推到最高潮，終於將吳廷琰淹沒。

阮祥三死後，西貢文化界舉行了一連串的悼念活動，這些追悼會中最常見到的，就是黃家智這幅阮祥三畫像的複製品，作家深思的眼神，像從另一個世界望回來，置身事外的好奇著他們要如何處理他身後的種種問題，持香菸的手則虛懸在那裡，仍只是一個大致的輪廓，指間夾著的香菸也一樣，那是阮祥三的意思，他沒讓黃家智把畫畫完。他是這樣說的：

「我看這樣就挺順眼的，這畫，正是我的寫照。我的一生，不就是一幅沒完成的畫像麼？」

因戰火而中斷的文學生涯、紙上談兵從未興建的光明村、不得善終的聯合政府、寫不完的《新橋村》，……阮祥三的一生充滿了不能貫徹始終的計畫，青玉庭不過是其中之一。

距離黃家智那次到訪不出一個月，一夕風雨大作，建了一半的青玉庭被狂風吹倒。時為深夜，野外無人，竹籬木柱倒塌時有無發出聲響，已不可考究。第二天一早，范東海來到公路旁松林內小溪邊的建築工地，只見遍地狼藉，宛如他目擊見證多次的烽火劫後景象。阮祥三背負著手，也不說什麼，在災區逡巡一上午彷彿搜尋倖存活口，臉色十分難看，在范東海的記憶中，只有河江戰區失陷那一次，才見過他這樣沉痛的表情。

過了兩天，阮祥三宣布他將南下西貢，有一段時間不會回到山上來了。那是個晴朗的早晨，大大不同於兩三天前的橫雨狂風，阮祥三的語氣平淡，心情似乎也平靜許多，在座的只有他兩個最小的子女，以及一向在西貢忙於照顧檳榔店的生意難得上山來的三大娘。清涼的晨風中有濃濃的茶香，一早起床後泡茶喝，是阮祥三在香港那幾年養成的習慣。三大娘聽了丈夫的宣布，輕輕嘆了口氣：「山上住得好好兒的，幹嘛又要下去呢？那房子不蓋啦？」

「不蓋了。」阮祥三簡單地回答，然後就收拾同樣簡單的行裝，南下西貢。這一年是義士范鴻泰謀刺安南總督不遂而殉難的三十四周年，南北兩越沒有多少人知道：中共將范鴻泰墓從二望崗移到黃花崗，與七十二烈士並列，肯定了他的歷史地位。阮祥三則以一種毫不留戀的手勢揮別山城，一個他曾經以為可以遯跡終老的地方，踏上他尋求歷史肯定的最後一程。

阮祥三下山，最欣慰的當然是范東海，先前對阮祥三的疑惑及一點點誤解這時皆一掃而空。黃家智說得不錯，阮祥三本來就沒打算在山上種一輩子蘭花的，他只是在等待最適當的時機，老天爺使風吹倒了青玉庭，不就是明明白白的告訴他：大勒不是你久留之地，如今時機到了，你也該下山了。歸根結底一句話：都是天意。范東海這樣深信著，但西貢來的女記者卻有另外的看法。

「阮祥三一定讀過那幾份雜誌了。」她很肯定。

「什麼雜誌？」

「你從北越帶來的那幾份《人文》《佳品》呀。」

「三先生沒有讀。我不錯是交了給他，可從沒見他翻過。」

「他當時沒翻，很可能隨手丟在青玉庭的工地上了，」女記者言之鑿鑿：「狂風把青玉庭吹倒之後，他在一堆木頭竹子之間發現了那包東西，就翻出來看，……你不是說，只要他看過了潘魁那些文章，就不能不下山的嗎？」

「就算是吧，那也是天意沒錯。」范東海說：「不管怎樣，三先生下山了，對我們來說，這是最重要的。」

「我們」，除了他自己之外，范東海指的是西貢那一批翹首等待阮祥三下山的人，他們是忠貞的越國黨員，即使在阮祥三隱居不出的那些年，仍然以黨中的「阮系」自居，——有別於「武系」，武鴻卿系，傾向於與吳廷琰和平共存的一派。

19

撇開政治因素不談，阮祥三下山仍然是一樁大事。自力文團的金漆招牌歷數十年而不衰，其中三人投向越盟，留在北圻，另外三人早已謝世，碩果僅存的阮祥三又最富傳奇色彩，這番北龍南躍，而且是來辦出版社，西貢文化界自是磨拳擦掌，阮祥三的「鳳江」出版社將戰前的自力文團作品重新發行，又推出《今日文化》月刊，發掘吸納年輕作家為自力文團新成員，便惹來各方面的批評，有人認為，以阮祥三的名氣和身分，文學刊物辦得好也還罷了，要是辦得不好，豈非砸了自己的招牌？又有人質疑，自力文團既有三人缺席，阮祥三自己是否可以擅自決定接納新成員？這其中自然也少不了一些見識短淺的南方文人，純粹出於狹隘的地域觀念，而否定、貶抑阮祥三及自力文團等北方詩人作家的地位。

相對於文化界的熱烈議論，軍政界雖然表面上極力裝成若無其事，暗中卻已劍拔弩張，完全是山雨欲來的形勢，那一段日子，「阮祥三總統」的叫法已在私下流傳，人人心知肚明，阮祥三是衝著吳廷琰政府來的，越國黨蓄勢待發，時間問題而已。

但也許正因為這樣，反而使吳廷琰有了充分的防備。一九六〇年十一月十一日，由阮正施上校率領的空降部隊發動政變，雙方激戰竟夜，親吳廷琰的軍方勢力在拂曉前控制了局面，阮正施等一干將領眼看功敗垂成，紛紛駕戰機逃去柬埔寨，在大勒的范東海一清早聽到電台廣播，氣得敲斷了胡志明給他的那根拐杖，同時擔心著阮祥三的安危。但這一回阮祥三沒逃出國外，他只是進入中華民國大使館要求政治庇護，沒有人清楚在這段時間內他和吳廷琰政府談好了什麼條件，只知道他從大使館出來之後，政府沒再找他的麻煩，監視大概是難免的，但基本上他仍可來去自如，參加各種文藝活動。然而到了一九六三年，阮祥三忽然收到法庭的起訴書，指他曾參與三年前的流產政變，並控以叛國、破壞國家安寧等罪名，要他在七月八日出庭受審。

有人認為，吳廷琰當局起訴阮祥三的事一點也不突然，那段期間，由於不滿吳廷琰的宗教迫害，中部和南部的佛教徒示威抗議不絕，加上釋廣德在西貢鬧市自焚，令宗教衝突惡化，引來國際指責，吳廷琰因此翻出舊案，想藉著審訊阮祥三來轉移輿論的注意力，甚至判以重刑以收震懾之效。但這一步走錯了。

阮祥三的案子永遠沒有審結：七月七日傍晚，西貢下著密密的細雨，一代小說宗師阮祥三在家中服砒霜自盡，留下一紙遺書，上面寫著：「我的一生，讓歷史來裁定。沒有人能審判我。」書末的署名是「一靈　阮祥三」。

阮祥三半生縱橫文政兩界，然而小說家一靈和政治家阮祥三的身分從來沒有混淆過，也從來沒有同時出現過；他不會在當外交部長的時候以一靈的名義參與文化活動，也不會用一靈的筆名撰寫政治宣言。彷彿基於某種不足為外人道的原則，他小心地將兩種身分區別開來，文學和政治是兩個平行並存的世界，雞犬相聞，涇渭分明。但在一九六三年七月七日這個下著微雨的傍晚，兩個世界終於合而為一：不是一靈殺死了阮祥三，也不是阮祥三殺了一靈，而是小說家和政治家同時選擇了死亡。

這可算是阮祥三一生中最後一次的遁逃，消極的行為並非沒有積極的作用：憑著終結自己的生命，他避過了人世法律的起訴、偵訊、定罪，甚至反客為主，從被告一變而為指控者，控訴吳政權的獨裁。

更積極的影響發生在阮祥三死後四個月，楊文明中將發動另一場政變，這一回沒再流產：吳廷琰兄弟在亂軍中被槍殺，結束吳氏家族統治的南越第一共和。塵埃落定之後，楊文明在總統府與各將領默哀一分鐘，悼念已故領袖阮祥三。歷史學家一般都同意，是阮祥三的自殺所造成的凝聚力，直接導致吳廷琰政權的滅亡。

吳廷琰低估了阮祥三的影響力，這也是他不如胡志明的地方。

阮祥三的影響力一大部分來自他小說家的身分，胡志明很清楚這一點，所以即使自知本身文采遠遠不如阮祥三，胡志明仍然十分重視文宣工作，在戰雲密布的一九四六年召開全國文藝會議、抗法期間扣留老作家潘魁利用他的聲望為抗戰作宣傳、出版難登大雅之堂的詩集《獄中日記》……，可說不遺餘力。抗法戰爭期間，胡志明甚至致函黨報，明白指示：報上須闢一欄，每日介紹一則前方戰士或後方人民的英勇事蹟，以激勵民心、提高士氣，報導中所提到的人名地名不必太詳細，換言之就是可以隨意捏造、公然撒謊。胡志明從來也不是一個小說家，但他的這一則指示卻無意間進行了一種或可名之為「小說越界」的實驗：當人們閱讀阮祥三的著作時，他們知道讀的是小說；聽范東海講述越國黨演義的聽眾也抱持一種姑妄聽之的心情，但當胡志明的黨報把虛構的情節當成新聞來報導，加上讀者不虞有詐、在沒有意識到自己是在讀小說的狀態之下，一則又一則想像出來的故事被接受為事實（或史實），一大批阮文此、陳氏彼、武文八、黎氏六被奉為烈士，真偽莫辨。

同樣難辨真偽的是《獄中日記》。沒有人知道這本詩集裡面的作品有多少是真正出自胡志明之手。人文佳品案之後，胡志明意識到：必須出版一本偉大領袖的著作，以對廣大民眾進行思想教育，他於是翻出那本從無名越國黨員身上得來的「詩集」，想起當年在柳州獄中阮祥三翻閱這一首首詩作時，對他的奚落和嘲諷：「你這也叫詩？」……當然是詩，而且是越南文學的瑰寶、無產階級的偉大著作。就把它印出來吧，胡志明決定：印出來，讓所有黨員、勞動人民、以至於那些高高在上自命不凡的大文學家，都不得不嚴謹地閱讀、學習領袖的革命情操，並且從那些淺陋的詩句中發掘出深刻的意義。

《獄中日記》就這樣出版了，但作為革命史料的那本殘破記事簿，封面（其實是封面脫落之後的第一頁）上的日期一九三二年八月二十九日／一九三三年九月十日卻令黨內同志大傷腦筋：人人都知道胡志明是一九四二年日本入侵之後才逃去中國、被中國國民黨捕獲的。負責出版詩集的人不得不硬著頭皮請主席解釋，胡志明滿不在乎地回答：「當然是一九四二年才對。我把年份弄錯了。」

通常的情形是這樣的：每年的一月，人們在需要記載、填寫日期的時候會不假思索地寫下前一年的年份，在少數較粗心的人那裡，「忘年」現象也許會延續到二月，但到了八九月腦筋還沒轉過來就太離譜了，何況把一九四二記成一九三二？怎麼可能把年份弄錯了整整十年？

當然沒有人會、也沒有人敢這樣質問國家主席，除了范東海。但范東海不能北上河內，他哪兒都不能去；他從電台廣播聽到阮祥三自殺的新聞，悲憤之下又敲斷了另一根拐杖，有半個月不能出門。

也幸虧他的拐杖斷了，要不然吳廷琰難保不會被他狠揍一頓。

20

吳廷琰出現在范東海面前是一九六三年七月十三日，阮祥三葬禮當天。葬禮規模之大、送喪人數之多，在西貢都堪稱空前，文化界認識不認識阮祥三的都來了，外國傳媒雲集，軍警如臨大敵，嚴加戒備，而佛教徒自然也不會放過示威的機會，缺席的只有總統吳廷琰，他遠遠的跑上了大勒。這裡曾經是前朝皇帝保大的度假之地，有他的兩三座行宮，當吳廷琰一如潘魁所預料的取保大國家元首之位而代之，廢帝再度被廢，這一次流亡法國，終其生沒再回越南來，吳廷琰同時也接收了大勒的幾座行宮，不過今次他可不是來度假的。

吳廷琰來到阮祥三的舊居，遇見另一個在葬禮上缺席的人：范東海。十年後，西貢來的女記者為范東海分析他的心理：「你不去參加葬禮，是因為潛意識中，你拒絕接受阮祥三已死的事實。」

「我的拐杖斷了，」范東海說：「沒買到新楞杖之前，不能出遠門。」

如果要女記者也為吳廷琰分析一下，她大概會說，這位獨裁者來到阮祥三的舊居，無疑是出於一種悔恨、甚至恐懼的心理，不然他何以向他以為是老園丁的范東海滔滔不絕有如自辯：

「為什麼要死呢？他搞政變，要推翻我，我能不審他嗎？就算罪名成立，大不了關個兩三年，有必要尋死嗎？……」

范東海對吳廷琰的第一個印象是：這傢伙很矮，比新聞照片上見到的好像還要矮一點。范東海沒揍他一頓，不完全是手上沒有拐杖的緣故，而是礙於吳廷琰的兩個保鑣，他們並不因為范東海又老又瘸而對他放鬆戒備，而當護衛出身的范東海卻對這兩位盡忠職守的同業有種說不出的親切感。

「他要出什麼書，就算是吳耀春的詩集，我也沒說不准。」吳廷琰還在說個不停：「換了在別的國家，有這麼好的事？你去台灣看看，像吳耀春這樣的，他們叫附匪作家，連名字全不能提，別說為他出書了，哪有我這樣寬大？」

「那是因為你一點兒也不當越盟是敵人。」范東海忍不住反駁：「你一點兒也不恨共產黨。」

「那又怎麼樣？為什麼要彼此敵視？近百年來國家多難，戰亂不斷，好不容易才有一段和平的日子，像現在這樣，胡志明管他的北越，我治理南越，相安無事，不是很好？」

「說得倒輕鬆，北越半壁江山卻不是從你手上失去的！」范東海的火氣一上來，可顧不得什麼總統不總統的了：「胡志明會和你相安無事？少天真了。相信胡志明，將來怎麼死的都不知道！共產黨那一套，沒有人比我們國民黨更清楚了！」

「你也是國民黨員？難怪。」吳廷琰叱退兩名蠢蠢欲動的保鏢，對范東海說：「你們的心情是可以了解的，但眼下的形勢已不單單是你們和共產黨或者胡志明之間的恩怨了；在背後還有美國、有共產國際在操縱、在暗中較勁，表面上卻是我們越南人在自相殘殺。就算阮祥三能當上總統，後果也許更糟，你知道為什麼嗎？」他停下來，等著范東海追問，但范東海不作聲，吳廷琰只好自己說下去：「因為，即使當上了總統，他也只是美國人手上的一枚棋子而已。以阮祥三的性格，他會甘心做一枚棋子麼？……算了，這裡面的道理，你這個層次是不會明白的。」

「我只明白一件事，」范東海說：「就像三先生遺書上說的：歷史會作出公正的裁判。」

「歷史？」吳廷琰嗤之以鼻：「你以為歷史就是公平的嗎？我告訴你：歷史才是最專橫、最殘酷的獨裁者。『歷史會還我清白』、『歷史會證明我是對的』，多少人懷着這樣的希望死去，到頭來呢？他們被歷史丟在一邊，像丟進黑獄中，腐爛、發臭、被人遺忘。歷史的裁判？歷史從來不裁判什麼人。」

再過不到四個月，吳廷琰自己也要成為歷史了，叛軍只花了一顆子彈，就省了審判他的工夫。范東海卻沒聽說那兩位盡責的晚輩同業下落，他們若是僥倖不死，一定也有很多故事可說，像范東海這樣，一輩子也說不完。

吳廷琰死後的兩年之內，西貢歷經了足足十次政變，包括楊文明在內的各派勢力合縱連橫，走馬燈似的輪流上台，群雄逐鹿的背後是美國人在權衡利弊，處心積慮挑選一枚最願意受他們支配的棋子，最後選中阮文紹出任總統，政局才穩定下來，史稱「第二共和」，但這時范東海對紛亂的時局已經失去興趣了，他這輩老國民黨的時代已隨著阮祥三的死而消逝，所以一九七五年那場決定性的戰役中，阮文紹倉皇辭職，解放軍長驅直入，人人責罵美國始亂終棄、政府貪腐無能的時候，他都不覺得特別悲痛。

阮文紹落跑之後，楊文明又被推出來，當了不到兩天的總統，就宣布無條件投降。范東海認為楊文明的決定並無不當，兵臨城下，他實在也沒有其他的選擇了。不投降又能怎樣呢？難道負隅頑抗，和越共打巷戰，令更多無辜百姓喪命？南越眾多將領，他獨對楊文明有好感。不管別人怎麼說，范東海永遠記得：他是捧著一盆蘭花來大勒請阮祥三下山的人。

楊文明也是共和國的終結者。前後十二年間，他親手斷送了南越兩朝共和政府。一九七五年四月三十日，解放軍入城，同一天，西貢失去了它首都的地位，也失去了它的名字，從此改叫胡志明市。

21

范東海從來沒到過西貢，或者說，當他終於來到西貢的時候，西貢已不叫西貢了。

自從脫離法國統治之後，越南各大城市的街道名稱逐漸從法文改回越文，選用的多半是有豐功偉績、輝映古今的人名，順化、大勒是這樣，西貢也是，只不過西貢的面積要大得多，因此可以容納更多的歷史人物，洛龍君街、雄王街、安陽王路、李常傑街、黎利街、陳興道大道、范五老街、成泰街、潘周楨街，……不同朝代的帝王將相、先哲前賢、名士節婦在現代的鬧市相遇、交匯。阮太學是大街，和阮太學街交接的其中一條較短的叫江姑娘路。范東海站在故黨長和阮氏江相遇的這個點上，不禁佩服當年為街道命名那人的細心，他想：這，算不算是歷史的肯定呢？

「現在都沒有人知道阮氏江是誰了。」武鴻卿說。

何止阮氏江，連阮太學都沒多少人認識了。范東海在大勒聽說武鴻卿被臨時革命政府關了一段日子又放了出來，決定下來探望這位老長官，這才發現朝代真的不同了，從大勒到西貢居然要申請通行證，填了表格還得讓區幹部核准蓋章。區幹部是一位年輕人，不知聽誰說范東海是抗法老兵，先入為主的以為范東海的腿是被法軍所傷，因此對他申請通行證一點也不留難。范東海也不說破，只覺得有必要投桃報李的再講述一遍他已熟極而流的當年安沛起義，說到阮太學，年輕幹部訝然：「原來阮太學是這麼近代的呀，我只知道到處都有阮太學街，還以為他是幾百年前的古人呢。」

對年輕的區幹部來說，阮太學只是一條街道的名字，那麼再過幾十年，胡志明也只不過是一座城市的名字罷了。西貢改名的時候胡志明已死了好幾年，偉大領袖沒有什麼流傳給後世，除了剽竊自別人的東西：無名越國黨員的獄中詩作、前輩革命志士的字號，「志明是胡學覽的號，我一輩子都忘不了。」武鴻卿笑著對范東海說：「我只要想著：胡志明市紀念的是胡學覽，不是阮愛國，聽起來就不會太彆扭了。——說到彆扭，這些個新的街名叫起來也真拗口，什麼武氏六、黎文八，都是些什麼人啊？還有一條街，現在改了叫阮氏明開，也不知是什麼了不得的大人物，聽都沒聽過的，卻佔了那樣一條大街……」

胡志明市的面積再大，街道再多，顯然也容不下潘魁、陳慶餘、一靈和黃道的名字，但正因為這樣，人們只能透過閱讀去認識他們，認識他們的作品，而不僅僅是一個街名。范東海暗暗決定：回到大勒之後，要把阮祥三的小說都找出來，好好讀一遍。

「我得去看看黃家智。」武鴻卿說：「他也被關了幾個月，昨天才放出來，聽說身體不大好。」

「黃家智老師？他為什麼也被抓呢？」

「他是筆會主席啊。在老共眼中，搖筆桿寫文章的比當兵當議員的還要罪大惡極哪。」

范東海想起那位來訪問過他的年輕女記者，不禁暗暗為她擔心。她也是搖筆桿寫文章的，不知道有沒有及時逃了出去？還是也被關了起來，或者送去勞改營？女記者曾為范東海講解阮祥三喪禮上的一副輓聯。那副用漢字寫的輓聯傳誦一時，作者正是黃家智：

> 數十年筆墨成名，一可斷、二可絕，而三不朽；
> 雙七夜雲霄落鳳，先《風化》、後《文化》，於中立言。

范東海聽了女記者的解釋才明白：上聯崁入阮祥三成名小說《斷絕》，「三不朽」則一語雙關；下聯指的是阮祥三在河內和西貢先後主編的兩份刊物《風化》和《今日文化》。

精通漢詩、前南越詩壇祭酒的黃家智這時已十分虛弱，本來就瘦削的身軀更是只剩下一副骨架子，相比之下，軍校出身的武鴻卿雖已年近八旬，看來反而硬朗得多。

「他們看我病得快要死了，才放我出來的。」黃家智說：「卿公，您為什麼又能出來呢？」

「這說來也真是……，」武鴻卿說：「我被關進去沒多久，就有個傢伙把我提去，圓圓的臉，好像很高級的，我聽人家叫他九爺；他告訴我：他們查過資料，發現我當年曾義釋胡主席，革命政府恩怨分明，所以把我放了。」

黃家智奇道：「您什麼時候義釋過胡志明？」

「那是一九四幾年的事了，東海記得麼？在柳州，我不知道胡志明是阮愛國的化名，才放掉他的，哪裡是什麼義釋？沒想到……。」

「沒想到幾十年後卻令您免了牢獄之災。」黃家智說：「人道武鴻卿是福將，逢凶化吉，果然不假。……我被抓去後，他們也和我談過條件的，說只要我願意和革命政府合作，每月可領到定額分配的米、糖、牛奶、菸，……我說，你們出手也未免太寒傖了吧，當年胡志明還把整套的純金煙具送給盧漢呢，才多少年，共產黨越混越不成個樣子了，要收買我黃某人，拿出金山銀山、美酒妖姬來，我興許還能考慮考慮；米、糖、牛奶？省省罷。」

武范二人好言勸慰幾句，告辭出來，武鴻卿搖著頭說：「真是腐儒。能屈能伸，才是自保之道呀，他這個臭脾氣，何苦來？吃虧的還不是自己？」

范東海也嗟嘆不已，又問武鴻卿：「您老今後不知有何打算？」

「我想回老家一趟。本來如今的政策是：北方同胞南下探親沒問題，南方的人要申請北上卻不容易；但他們說我的情況特殊，如果我要回北方老家，他們可以協助安排。算來我也幾十年沒回土桑村了，有這個機會，回去看看也好，落葉歸根嘛。」

「那樣的話，我不能陪您老回去了。土桑村黨長的家不知還在不在？還有村口江姑娘的墳……。」

「我會替你給黨長、給江姑娘上炷香的。」武鴻卿說。

22

從西貢回來後，范東海更深居簡出了，除了偶爾到香雪的墳前看看，他哪兒也不去，在家中真的讀起阮祥三的小說來。他從那批舊書中還找到一本香雪的短篇小說集，讀著讀著，好像又聽到香雪的聲音，絮絮向他述說一些家常瑣事，不管背景是古舊的河內，還是素淨的大勒，都能喚起范東海沉埋已久的記憶，那樣遙遠，卻那樣親切。書中有一篇寫女主人公在大勒養病，惦掛著在北圻奔走革命的情人，那人不時會來探望她，但每次都不能久留，……范東海像忽然拾獲失去多年的照片，看見久遠以前的自己，一面讀著，眼眶漸漸就潤濕了。

阮祥三的子女在西貢失守前夕擠上疏散軍眷的專機，去了美國，這幢小屋的訪客就更少了，只有那位區幹部常來拜訪，居然還給范東海弄到一個革命家庭的編制，每月可分配到米糧日用品等，農曆新年還能扯幾尺布縫件新衣。范東海也不客氣，只當共產黨欠他的，照單全收。山城地方小，革命政權再火熱的政策、運動，傳到山上來也像高原的空氣一樣變稀薄了，聲嘶力竭的口號掀不起春香湖的半絲漣漪。日長無事，區幹部常攜來一兩樣小菜、幾瓶淡而無味的劣質啤酒，聽「革命大爺」講他永遠也講不完的故事。范東海有時記不得細節就隨口編造，偶而也從阮祥三的小說中借來一點情節；喝倒半醉時，還會罵罵越盟，不然就是「我們國民黨」如何如何。區幹部一來也是喝多了，二來他這個年紀受的教育，敵人都是美帝、阮文紹偽政權，越國黨早已不是重點打擊的對象了，因此並不怎麼在意。

一天，范東海又去到香雪的墳上，遠遠卻見到有個老婦人站在墳前，看背影陌生得很。范東海正在納悶，那老婦轉過身來，——不是轉頭，她的右眼已瞎，必須整個身子轉過來，才能用僅存的左眼看見站在她右後方的范東海。范東海則有一剎那的錯愕：他一直以為劉瑞安是把兩隻眼睛都刺瞎了的。

「哪能都刺瞎掉？」劉瑞安說：「我還要留一隻來看路呢。」

劉瑞安本來只想選擇走一條簡簡單單的路，像段香雪那樣，寫一點詩、一點小說，從來沒想到會被捲進黨派鬥爭的漩渦，把自己染上一層神祕的政治色彩，這一切都因為她認識了杜廷道。

「一九五四年南北分割，大家都撤去了南方，杜廷道的妻子兒女也先走了，我異想天開，以為是個難得的機會，便要廷道留在河內，那樣我就可以完完全全擁有他。其實以小杜的身分背景，他是不可能留在越盟統治的北越的，可我更不想跟他去南方，……我又傷心又沮喪，沒有別的法子可以留住他，就準備了兩杯藥酒。……」

「兩杯？……」范東海喃喃說，同時打心底冒起一股寒意，他隱隱猜得到這個故事的結局了。

「我還沒完全失去知覺，越盟的人就進來了。他們顯然早就盯著廷道了，這時卻撇下他不理，只把我一個人送進醫院急救。後來的事，你們都知道了：越盟放出消息，說我本來就是他們派出潛伏在廷道身邊的奸細，這一來我就是想撤退到南方也不成了，只好留在北越。……」

劉瑞安喝了一口茶，接下去說：「也許因為這樣，後來的人文佳品案子，我一句話也沒說、一個字也沒寫，只在潘老爺子、黎達他們聚會時，幫忙張羅點茶水什麼的，結果還是被羅織進去了，黎達他們都極力為我開脫，但全沒用，還判了我最高刑期十五年。我從越盟的間諜一變而為國民黨的間諜，其實我什麼都沒做，夠荒唐的吧？」

劉瑞安在大勒只停留了兩個星期，就下去西貢了。她告訴范東海：她有幾個子姪在南邊，都希望她把戶口移下去，他們好就近照顧。「去過西貢的朋友，都說西貢又大又漂亮又現代化，看人家美偽政權下了多少工夫？」劉瑞安說：「比河內好我知道，不過話說回來，早幾年北方曾受到美國的空襲，毀壞很嚴重，所以不能和西貢比。」

「說的也是，」范東海說：「美國那樣轟炸，就算有什麼建設成果，像我們的光明村，當年要是建起來，也一總炸掉了。」

「光明村……，」劉瑞安搖搖頭：「幸好當年沒建成，否則真是不堪設想哪。」

「不堪設想？」范東海一怔，「就算建起來又被美軍炸掉，也只能說是白費人力物力罷了，怎麼是不堪設想呢？」

「阮祥三是個理論家，可就有點不切實際。他的光明村，主張使用廉價輕便的建材，大量建造房屋給窮人住，問題就在這輕便上。我也是後來才想到的：用木板竹子茅草建成的房子，能有多堅固？萬一有什麼天災，也不用說地震什麼的，我們越南地震也不多見，但風災倒不少，只要打一場風，或者發起大水來，那些茅屋竹舍吹倒沖掉也還罷了，人命傷亡可怎麼辦？」

范東海張口結舌：「有那麼，……有那麼嚴重嗎？」

「所以說，要真建了起來，我們才是罪孽深重呢。」

范東海點點頭，又搖搖頭，不知是同意還是不同意劉瑞安的說法，腦中浮現的是當年建了一半的青玉庭被狂風吹倒的景象，和阮祥三沉痛的表情，然後他就下山了。……范東海好像明白了甚麼，半晌才說：「我這兒還有幾本三先生、自力文團的小說，都給了你吧，沒事看看也好解悶兒。我知道這些書你以前多半都看過了，只有這本《新橋村》是三先生後來寫的，沒寫完就那個什麼了。你看這麼厚的一本，還只寫了十分之一哪。……」

23

「釗在一條小徑前停下來。小徑兩旁的竹子又高又密，遮蓋得下面一片幽暗，鋪滿落葉。小徑盡頭豁然一片曠野，地平線上是一座小山丘淡紫色的模糊輪廓。小時候放學每次路過這裡，他都不忘看這小徑一眼，感覺好像從這個世界透過竹徑望向另一個世界，因此從沒走進去過，生怕一旦穿過去探看清楚就失去那種神祕感了。此刻釗見到小徑仍然像以前一樣枯葉滿地，上方的竹葉仍然交織著陽光，小山丘仍然是一抹淡紫色，仍然像另一個世界似的遙不可及。」——《新橋村》

釀小說55　PG1209

烽火越南：越南大時代小說集

作　　者　潘　宙
責任編輯　蔡曉雯
圖文排版　高玉菁
封面設計　蔡瑋筠

出版策劃　釀出版
製作發行　秀威資訊科技股份有限公司
114 台北市內湖區瑞光路76巷65號1樓
電話：+886-2-2796-3638　傳真：+886-2-2796-1377
服務信箱：service@showwe.com.tw
http://www.showwe.com.tw
郵政劃撥　19563868　戶名：秀威資訊科技股份有限公司
展售門市　國家書店【松江門市】
104 台北市中山區松江路209號1樓
電話：+886-2-2518-0207　傳真：+886-2-2518-0778
網路訂購　秀威網路書店：http://www.bodbooks.com.tw
國家網路書店：http://www.govbooks.com.tw
法律顧問　毛國樑　律師
總 經 銷　聯合發行股份有限公司
231新北市新店區寶橋路235巷6弄6號4F
電話：+886-2-2917-8022　傳真：+886-2-2915-6275

出版日期　2014年11月　BOD一版
定　　價　280元

版權所有・翻印必究（本書如有缺頁、破損或裝訂錯誤，請寄回更換）
Copyright © 2014 by Showwe Information Co., Ltd.
All Rights Reserved

Printed in Taiwan

國家圖書館出版品預行編目

烽火越南：越南大時代小説集 / 潘宙著. -- 一版. --
臺北市：釀出版, 2014.11
面；　公分. -- (釀小說；PG1209)
BOD版
ISBN 978-986-5696-45-0 (平裝)

857.63　　103019121

讀者回函卡

感謝您購買本書，為提升服務品質，請填妥以下資料，將讀者回函卡直接寄回或傳真本公司，收到您的寶貴意見後，我們會收藏記錄及檢討，謝謝！

如您需要了解本公司最新出版書目、購書優惠或企劃活動，歡迎您上網查詢或下載相關資料：http:// www.showwe.com.tw

您購買的書名：＿＿＿＿＿＿＿＿＿＿＿＿＿＿＿＿＿＿＿＿＿＿

出生日期：＿＿＿＿年＿＿＿＿月＿＿＿＿日

學歷：□高中（含）以下　□大專　□研究所（含）以上

職業：□製造業　□金融業　□資訊業　□軍警　□傳播業　□自由業

□服務業　□公務員　□教職　□學生　□家管　□其它＿＿＿

購書地點：□網路書店　□實體書店　□書展　□郵購　□贈閱　□其他

您從何得知本書的消息？

□網路書店　□實體書店　□網路搜尋　□電子報　□書訊　□雜誌

□傳播媒體　□親友推薦　□網站推薦　□部落格　□其他＿＿＿＿

您對本書的評價：（請填代號　1.非常滿意　2.滿意　3.尚可　4.再改進）

封面設計＿＿　版面編排＿＿　內容＿＿　文／譯筆＿＿　價格＿＿

讀完書後您覺得：

□很有收穫　□有收穫　□收穫不多　□沒收穫

對我們的建議：＿＿＿＿＿＿＿＿＿＿＿＿＿＿＿＿＿＿＿＿＿＿

＿＿＿＿＿＿＿＿＿＿＿＿＿＿＿＿＿＿＿＿＿＿＿＿＿＿＿＿

＿＿＿＿＿＿＿＿＿＿＿＿＿＿＿＿＿＿＿＿＿＿＿＿＿＿＿＿

＿＿＿＿＿＿＿＿＿＿＿＿＿＿＿＿＿＿＿＿＿＿＿＿＿＿＿＿

請貼
郵票

11466
台北市内湖區瑞光路 76 巷 65 號 1 樓
秀威資訊科技股份有限公司 收
BOD 數位出版事業部

（請沿線對折寄回，謝謝！）

姓　　名：＿＿＿＿＿＿＿＿＿＿　年齡：＿＿＿＿　性別：□女　□男

郵遞區號：□□□□□

地　　址：＿＿＿＿＿＿＿＿＿＿＿＿＿＿＿＿＿＿＿＿＿

聯絡電話：(日)＿＿＿＿＿＿＿＿＿＿(夜)＿＿＿＿＿＿＿＿＿＿

E-mail：＿＿＿＿＿＿＿＿＿＿＿＿＿＿＿＿＿＿＿＿＿